きみが明日、この世界から消えた後に

〜 Nanami's Story 〜

此見えこ

STARTS
スターツ出版株式会社

好きだった。
本当に好きだった。
――きっと、わたしの初恋だった。

目次

きみが明日、この世界から消えた後に

～ Nanami's Story ～

第一章　幼なじみ

昔から、人と比べてできないことが多かった。

みんなが当たり前のようにこなしているいろんなことが、わたしには難しかった。

たとえば、『柚島（ゆずしま）』。ここから電車で片道二時間ほどかかる場所にある、海のきれいなその街へ行くのも、わたしにとっては途方（とほう）もないことだった。

高校生になった今、電車で二時間なんて、みんなにはきっとたいした距離じゃない。

「ちょっと海に行きたくなったから」とか「おしゃれなカフェでパンケーキが食べたくなったから」とか、そんな理由でふらっと遊びにいったという話を、クラスメイトからよく聞く。

わたしには信じられないような話だった。行きたくなったからふらっと柚島へ行く、なんて。

わたしにとっての柚島は、保育園の頃からもう何年も行きたいと焦（こ）がれていた、だけどたぶん行けることはないのだろうと、心のどこかで諦めもしていた、それぐらい遠くて途方もない、夢の場所だった。


「七海（ななみ）」

一階に下りると、お母さんが玄関で待っていた。

なにか言いたげな顔でわたしを見て、だけどぜんぶ呑（の）みこむように、「これ」とわ

たしに小さなお守りを差し出して、

「気をつけてね」

「うん。……ありがとう、お母さん」

お母さんの笑顔が思いがけないほど優しくて、なんだか少し泣きたくなりながら、背負ったリュックサックの肩紐(ひも)をぎゅっと握りしめる。

薄手の上着や日傘、読みこみすぎて中身がほぼ頭に入ってしまった情報誌と、なにかあったときのための薬。たくさんの荷物が詰まったリュックは、ずしりと重い。

「……心配かけて、ごめんなさい」

ぽつんとこぼれた呟(つぶや)きにお母さんは笑顔のまま首を振って、「楽しんできてね」と言ってくれた。「卓(すぐる)くんによろしくね」とも。

だからわたしも目いっぱいの笑顔で頷(うなず)いて、「いってきます」と手を振った。


外に出ると、まず、斜め向かいにあるかんちゃんの家が目に入る。

そうして思い出す。十年前、お泊まり保育の日の朝に、ここから見た景色。

十年間、何度も何度も、思い出した。

保育園のバスに乗りこむかんちゃんを、わたしはこの場所から見ていた。お母さんの腕の中で、いかないで、と泣きながら。

怖かった。途方もなく。わたしとかんちゃんは違うのだと、そのときはじめて、実感したから。かんちゃんは柚島にも、どこへでも行けるんだって。ここから動けない、わたしと違って。

だからあの日、かんちゃんに置いていかれる気がして。柚島にじゃなくて、なんだか、この先ずっと。ふたりでお絵描きをしていたあの教室に、かんちゃんはもう、戻ってきてくれないような、そんな気がして。

それが怖くて、わたしは泣いていた。

＊＊＊

かんちゃん——土屋幹太くんは、わたしの幼なじみだった。

いつからいっしょにいるのかなんて覚えていない。家が近くて、親同士の仲が良くて、気づいたときには、わたしとかんちゃんは友だちだった。

保育園でも、わたしはほとんどかんちゃんとばかり遊んでいた。

その頃からわたしは身体が弱くて、外で遊んだりするとそれだけですぐに熱を出すような子どもだった。そのせいで保育園は休みがちだったし、登園できたとしても外で遊ぶことは禁じられていた。だからいつも、みんなが外にいる時間も、室内で絵を描いたり折り紙をしたりしていた。

それでも寂しい思いをした記憶がないのは、そういうとき、いつもかんちゃんがいっしょにいてくれたから。

かんちゃんもわたしと同じように身体が弱かったとか、けしてそんなわけではない。むしろ彼はわたしとは正反対の、元気で活発な男の子だった。運動神経も良かったし、きっとお絵描きや折り紙より、外で身体を動かすほうがずっと好きだったはずだ。

だけどそれでも、かんちゃんは、わたしといっしょにお絵描きをしてくれた。


「うみって、どんなんかなあ」

海の絵を描くわたしの隣で、同じように青いクレヨンを走らせながら、かんちゃんが言う。

お泊り保育の、一週間ぐらい前の日だった。

その頃のわたしは、海の絵ばかり描いていた。だからたぶん、かんちゃんも合わせてくれていたのだろう。

お泊り保育の行き先が、柚島という海のある街だと知ってから、わたしは楽しみでたまらなかった。

わたしの家は海から遠い。だから海には、まだ一度も行ったことがなかった。だけど自分の名前に海が入っていること、理由はお母さんが海が大好きだからだということは知っていて、それを知ったときから、わたしにとって海は特別だった。

「すっごくおっきくてね、きれいなんだって。ゆずしまにいったら、みんなでうみであそぶんだって。せんせいがいってたよ」

「ふうん」

もうすぐはじめての海へ行けることがうれしくて、その頃のわたしは浮かれていた。浮き立った調子でしゃべりつづけるわたしに、かんちゃんがちょっと気のない相槌を打つ。ちらっと、外で遊ぶみんなのほうへ目をやりながら。変なセミがいた、と騒ぐ声が、外からかすかに聞こえていた。

だけどそのときのわたしは気づかなかった。

「ゆずしまにいったら」自由帳を青く塗りつぶしながら、わたしは弾んだ声で続ける。

「かんちゃん、いっしょにうみであそぼうね」

「うん、いいよ」

「やくそく！」

それは、わたしにとってごく当たり前のことだった。今こうして、お絵描きをしているように。柚島へ行っても、かんちゃんといっしょに遊ぶこと。そのときのわたしは、一抹の不安もなく、そんな未来を描いていた。

だから、約束した。頷いてくれたかんちゃんと小指を絡め、ゆびきりげんまん、と歌った。

そのときはまだ、信じていたんだ。

これからもずっと、こんなふうに、かんちゃんといっしょにいられること。いっしょにいろんなところへ行って、いろんなことをして、そんなふうに、いっしょに生きていけるって。これからもずっと、それがわたしたちの〝当たり前〟なんだって、なんの疑いもなく、無頓着に。

お泊り保育の欠席は、最初から決まっていたわけではなかった。体調が良ければ参加する方向で、お母さんはたしかに動いてくれていたらしい。

だけどお泊り保育前日の夜、わたしは熱を出した。たいして高い熱ではなく、翌朝には下がっていたけれど、さすがにそんな病み上がりの状態で参加させるわけにはいかなかった。

当日の朝、準備していた大きな鞄を抱えた状態で欠席を告げられたわたしは、生まれてはじめて、目の前が真っ暗になるという経験をした。

泣いたところで決定が覆(くつがえ)らないことはわかっていた。それでも、泣くしかできなかった。お母さんのどんな言葉も今は聞きたくなくて、耳を塞(ふさ)ぐように、声を上げて泣いた。

そんなときに、保育園のバスがやってきた。

かんちゃんの家の前に止まったバスは、当然わたしの家からも見えた。

思わず外に駆け出したわたしを、お母さんが後ろから抱きしめるようにして止めた。

それを振り払いながら、わたしは「やだ！」と叫んでいた。

「ななみも、かんちゃんといっしょに行く！　やくそくしたもん、うみでいっしょに遊ぶって！　かんちゃんと、やくそくしたもん！」

必死だった。どうしようもなく。

あんなに大きな声を出したのも、たぶん生まれてはじめてだった。

声が聞こえたのか、かんちゃんがこちらを見た。だけど先生に背中を押されるようにして、そのままバスに乗りこんだ。

すぐにバスは動き出し、わたしの前から去っていく。そうしてかんちゃんだけを乗せたバスが道の向こうに消えるのを、わたしはお母さんの腕の中でずっと見ていた。

置いていかれた、と思った。

かんちゃんは、わたしを置いていってしまった。

それは、足元が抜け落ちるような絶望だった。

お泊り保育に行けなかったことよりもずっと、かんちゃんが行ってしまった、ということに愕然(がくぜん)とした。

柚島に着いたら、かんちゃんは海で遊ぶのだろう。わたしではない他の友だちと。時間も気にせず、目いっぱい、飽きるまで。

わたしがいないから、かんちゃんはそうすることができる。わたしといっしょにお絵描きをしなくてもいい。わたし以外の、外で遊べるたくさんの友だちと、思いっきり走り回って、好きなように遊べる。

――そうだ、わたしがいなければ、かんちゃんはそうやって遊べるんだ。

大好きなサッカーも鬼ごっこも、好きなだけできる。だからきっと、かんちゃんはわたしがいなくても寂しくなんてない。他の友だちと、他の遊びをするだけ。わたしがいない柚島でも、楽しく過ごせる。

……いや。

むしろわたしがいないほうが、楽しいのかな。

ふと頭をよぎったそんな考えに、胸がぎゅうっと握りしめられたように痛んだ。

今までずっと、当たり前だと思っていた。かんちゃんが隣にいること。わたしといっしょに遊んでくれること。

物心がついたときからかんちゃんはわたしの傍にいたし、わたしにとってそれは日常だった。なにも特別なことだなんて思っていなかった。わたしがかんちゃんを好きで、いっしょに遊びたいと思っているように。かんちゃんもわたしと同じ気持ちで、だからわたしたちはいっしょにいるのだと、一点の曇りもなく信じていた。

――だけど、違うのかもしれない。

ひとりでバスに乗って柚島へ行ってしまったかんちゃんを見たとき、わたしははじめて気づいた。

かんちゃんはわたしを、置いていくことができる。ひとりでも、柚島へ行ける。

この目で見たわけではないのに、はっきりと確信できた。柚島へ行ったかんちゃんが、向こうでたくさんの友だちと、楽しく過ごしていること。

けれど、もしも今日、わたしたちの立場が逆だったなら。わたしはかんちゃんを置いて、ひとりで柚島へなんて行けない。かんちゃんのいない柚島で、どう過ごせばいいのかなんてわからない。

わたしの手を引いてくれて、わたしといっしょにお絵描きをしてくれる、そんなかんちゃんがいないと。

わたしのいない柚島で他の友だちとたくさん遊んで、かんちゃんはなにを思うのだろう。こっちのほうが楽しいなって、気づいてしまうのかもしれない。これからはこうしよう、七海とお絵描きばっかりするのはやめようって。そうしたらきっと、かんちゃんはもう、わたしと遊んでくれない。

気づけば、柚島へ行けなかった悲しさよりも、そんな恐怖で胸が黒く塗りつぶされていた。

かんちゃんが、わたしのもとからいなくなってしまう。それが怖くて、悲しくて、ひとりになったわたしは泣いていた。

——だから。

「こんど、いっしょにいこう」

柚島から帰ってきたかんちゃんと、はじめて顔を合わせた日。

彼がわたしに言ってくれた言葉を、今もはっきりと覚えている。そのときの彼の表情も、声も。ぜんぶ、昨日のことみたいに思い出せる。

「ななみちゃんが、もうすこしげんきになったら。いっしょにゆずしまにいって、うみであそぼう。ね」

海の絵を描いて、と、わたしが差し出した自由帳に、青いクレヨンを走らせながら。ちょっと恥ずかしそうに下を向いたまま、だけどはっきりとした口調で、かんちゃんは言った。

帰ってきたかんちゃんは、他の友だちと外へ遊びにいったりしなかった。これまでとなにも変わらず、わたしの隣でお絵描きをしてくれた。

それだけでも胸がいっぱいになるぐらいうれしかったけれど、さらにかんちゃんは、そんな約束までしてくれた。

しばし、わたしはぽかんとしてかんちゃんの顔を見つめた。

頑なに目線を上げない彼の目元が少し赤くなっているのを見たとき、ぶわっとわたしの頬にも熱がのぼってきた。その熱さに押されるように、頬がゆるむ。鼻の奥がつんとする。

「……うん！」

力いっぱい頷いてから、わたしは「やくそく」と小指を差し出した。

「いっしょにいこうね、かんちゃん！」

――その日から、その約束が、わたしの道しるべになった。

かんちゃんは、わたしを置いていかない。これからも、傍にいてくれる。隣を歩いてくれる。そう思えたことがたまらなくうれしくて、だから、わたしは決めた。頑張ろうって。いつかぜったい、かんちゃんと柚島に行くために。痛い注射も苦いお薬も、そのためだと思えば、いくらでも頑張れると思った。

それぐらい眩しくて、大切な約束だった。ずっとその約束を抱きしめて、生きていこうと思っていた。

「無理だろ、七海は」

何年後か、かんちゃんにそう言われるまで。

＊＊＊

駅に着いたのは約束の時間の十分も前だったけれど、卓くんはすでに待っていた。わたしが彼を見つけて手を振ると、卓くんも笑顔で片手を上げる。そうしてすっと壁から離れ、こちらへ歩いてきた。

「七海、おはよ」

「おはよう、卓くん！」

卓くんはグレーのチノパンに無地の白いTシャツを着て、ネイビーのシャツを羽織っていた。落ち着いたその服装は卓くんによく似合っていて、見慣れた制服姿よりずっと大人っぽい。

付き合いはじめて二ヵ月が経って、今更私服姿がめずらしいなんてこともないけれど、それでもまだ、休日に会うたびドキドキする。今日はとくに鼓動が速く感じるのは、気分が高揚しているせいだろうか。

なんといっても、今日ははじめての遠出デートだから。

砂浜を歩いたりすると思って、わたしはロングスカートにスニーカーで来てしまったけれど、卓くんの横に並ぶと子どもっぽい感じがする。大丈夫かな、やっぱりブーツにすればよかったかな、なんて今更ちょっと後悔していたら、

「体調はなんともない？」

わたしの顔を見るなり、卓くんが心配そうに訊いてきた。

だからわたしは力いっぱいの笑顔で、「うん！」と大きく頷いてみせる。

「なんともないよ、めちゃくちゃ元気！」

昨日の夜眠りにつく直前まで不安だったけれど、朝目覚めたとき、身体はこれ以上なく軽かった。なんのだるさも違和感もない。念のため測った体温も平熱で、それを見たとき、わたしは思わずその場にしゃがみこんでしまうぐらい、安堵した。

——これなら、行ける。十年前行けなかった、あの場所に。

「よかった」とわたしの返事に卓くんも頬をゆるませる。

だけどすぐに真剣な口調で、「でも」と続けた。

「ちょっとでもなんかあったら、すぐに言ってね」

「うん、わかってる」

ぜったいに無理はしない。卓くんともお母さんとも、何度も約束したこと。

＊＊＊

「ね、ね、かんちゃん聞いた？　来月の校外学習の行き先、柚島なんだって！」

小学五年生の夏だった。

お泊り保育で行けなかったその場所に、ふたたび行ける機会がめぐってきた。

その日担任の先生にそれを聞いてから、わたしの胸ははちきれそうなぐらいに膨らんでいた。早くかんちゃんとこの話をしたくて、待ちきれなかった。

五年前、行けなくて大泣きした場所。そしてかんちゃんが、いっしょに行こうと約束してくれた場所。

五年間、わたしは一度も忘れたことなんてなかった。わたしにとって、その場所は圧倒的に特別だった。そして、かんちゃんにとっても。――そうなのだと、思いこんでいた。

だから。

「びっくりしちゃった。柚島、こんなに早く行けるなんて思わなかったよね。ね、かんちゃん、柚島に行ったらね、わたしと――」

「え、なに」

かんちゃんもいっしょに、喜んでくれると思っていた。

「七海、まさか行く気？」

「え」

「無理だろ、七海は。ずっと外で活動するっぽいし、フィールドワークとかもあるらしいし。そもそも遠いし、おばさんたぶん、行っていいなんて言わないよ。行ったら七海、ぜったい体調崩すし」

ぴくりとも表情を動かすことなく、かんちゃんは平坦な声で返した。なに言ってるんだろうこいつ、みたいな顔で、ごく当たり前のことを告げるように。

それだけ言うと手元のプリントに視線を落としたかんちゃんの顔を、わたしはしばし固まったように見つめた。

言葉の意味は、一拍遅れて胸に染み入ってきた。

同時に、膨らんでいた胸が針で刺されたみたいに、いっきに萎んでいく。喉の奥のほうが熱くなって、つかの間、息ができなくなった。

目の前が真っ暗になるという経験をしたのは、それが二度目だった。

ショックだったのは、かんちゃんに、行けないと告げられたことではなくて。かんちゃんが信じていないということに、気づいてしまったからだ。

かんちゃんは、わたしが柚島へ行けるなんて、みじんも思っていない。

それはたぶん、今度の校外学習だけの話ではなくて、この先もずっと。かんちゃんは、『七海には無理』だと言うのだろう。

聞いたわけでもないのに、なぜかはっきりと確信できた。それぐらい、さっきのかんちゃんの言い方には迷いがなかった。だからきっと、いつかいっしょに行こう、というあの約束も、かんちゃんの中では、果たされるはずがないものになっている。

……いや、違う。

たぶん最初から、約束ですらなかったんだ。

お泊まり保育に行けなかったわたしを慰めるために、かんちゃんがなんとはなしに口にしただけの、なんの重みもないただその場限りの言葉を、わたしが勝手に特別視していただけで。それをいつまでも大事に抱きしめていたのは、わたしだけだった。

——だって、かんちゃんは、忘れていた。

七海には無理だとためらいなく言い切った彼の頭に、約束のことなんて一瞬もよぎりはしなかった。あの瞬間、それがどうしようもなく、わかってしまったから。

だから、あの日。

かんちゃんに無理だと言われたのは、柚島行きじゃなくて、わたしといっしょに歩くことのように思えたんだ。

＊＊＊

ＩＣカードに往復分のお金をチャージして、やってきた上りの快速電車に乗る。

車内は案外空いていて、わたしたちは扉近くの席に向かい合って座った。

電車が動き出し、窓の外を景色が流れていくと、わたしは思わずそれをじっと見つめた。このまま乗っていれば、二時間後には、本当に着いているのだろうか。なんだかまだ実感が湧かなくて、足元がふわふわする。

それぐらい、その場所はわたしにとって遠かった。十年間、ずっと。

「そういえば」

「へ」

感傷(かんしょう)に浸(ひた)っていたわたしの耳に、卓くんの声が流れこんできて、はっと我に返る。

「この前、土屋に言われたよ。今日のこと」

続いた言葉に、わたしは窓から視線を外し、卓くんのほうを見た。

「……かんちゃん？　なんて？」

「七海のこと、よろしくって」

ちょっとびくびくしながら訊ねたわたしに、卓くんは穏やかな笑顔のまま、

「あいつすぐ無理するから、ちゃんと気をつけてやってって。そう言ってた」

わたしは咄嗟に、なにを言えばいいのかわからなかった。

ただ目の奥が熱くなって、振り払うように、また窓の外へ視線を飛ばす。そうして、

「……そっか」と小さく呟いた。

なんだかすごく泣きたくなったけれど、さすがにそれは駄目だと思ったから、頬の内側を噛んで堪えた。

卓くんの前では、泣いちゃ駄目だ。柚島に行きたいというわたしのわがままを聞いてくれて、反対するお母さんたちが許してくれるまで、何度もわたしの家に来て、いっしょに話をしてくれた彼の前では、ぜったいに。

「七海と土屋って」

そんなわたしの葛藤には気づかず、卓くんはやわらかな口調で続ける。

「生まれたときからの付き合いって言ってたよね」

「うん」

かんちゃんの話をするその声に棘はない。卓くんとかんちゃんはあまり仲が良くな

いように見えていたけれど、もしかして今はもう仲良くなったのだろうか。そんなことをぼんやり考えながら、わたしは相槌を打つと、

「もう十五年ぐらいになるかな」

「すごいなあ」

卓くんは純粋に感心したような、さらっとした調子で呟いて、

「俺、そういう付き合いの長い友だちっていないから。なんかうらやましい。十年以上もいっしょにいれる友だちってなかなかいないよね」

「……うん。わたしも」

うらやましい、と言った卓くんの口調には少しの粘っこさもなく、どこまでもあっけらかんとしていた。だからわたしも、自然にこぼれた笑みといっしょに、素直（すなお）な言葉を返していた。

「かんちゃんがいてくれて、ほんとによかったと思う」

なんの迷いもなく、心の底からそう言えたことが、うれしかった。

そしてそう言えるようになったのはきっと、今目の前にいてくれる卓くんのおかげだ。

少し前までのわたしなら、きっと無理だった。十年前、かんちゃんに置いていかれたと泣いていた、あのお泊り保育の日の朝に。心の一部をずっと置きっぱなしにして

いた、あの頃のわたしだったら、きっと。

＊　＊　＊

「俺さ、やっぱりサッカーにしようと思って」

中学生活が始まって、少し経った頃だった。

帰り道で唐突にかんちゃんが言って、わたしは口に含んでいたゆずジンジャーを飲み込んだ。ごくん、と喉が鳴る。

「え、あ……部活？」

「うん」

「そっか。上手だもんねー、かんちゃん。うん、いいと思うよ」

笑みを作ろうとしたら、なぜか少し頬が強張った。返した言葉も、なんだか上滑りするように響いた。

わたしも。言いかけた言葉が、喉に詰まる。

押しこむように、わたしはまたゆずジンジャーを飲んだ。喉に流し込んで、言いたかった言葉を、押し流した。

——わたしもどこか、部活に入りたいな。

数日前、かんちゃんにそう告げたときの、『七海には無理だろ』だと返ってきた素っ気ない声が、まだ記憶に新しかったから。

中学生になっても、わたしたちのあいだの距離が開くことはなかった。登下校も変わらずいっしょだったし、放課後は今も、かんちゃんに勉強を教えてもらっていた。

学年が上がるにつれ、わたしの身体は少しずつ、本当に少しずつだけれど、強くなっていった。前ほど、倒れたり寝こんだりすることはなくなった。少しだけなら、外で遊べるようにもなった。

それでもまだ、みんなと同じことができるわけではなかった。あいかわらず体育はほとんど見学していたし、校外行事も参加できないことが多かった。

何度か、参加したいと言ってみたことはある。だけどそのたび、お母さんや、かんちゃんに止められた。やめたほうがいい、無理をすればまた体調を崩すから、七海には無理だよ、って。

そう言われると、わたしはいつもなにも言えない。

わたしが体調を崩したとき、看病してくれるのはお母さんだし、休んだ分の授業を教えてくれるのはかんちゃんだから。わたしがわがままを通したせいで、迷惑をかけることになるのは怖かった。とくに、かんちゃんには。

「本当に、かんちゃんがいてくれてよかったわね」

何度となく、お母さんはわたしにそう言った。

学校で体調を崩したわたしを、かんちゃんが家まで送ってくれたとき。かんちゃんが勉強を教えてくれるおかげで、わたしのテストの成績が少しずつ伸びてきたとき。七海ちゃんはいつも体育を見学していてずるい、と文句を言ってきたクラスメイトに、かんちゃんがわたしの代わりに怒ってくれたとき。

なにかあるたび、お母さんは噛みしめるように、その台詞(せりふ)を口にした。

「今、七海が学校でやっていけてるのは、かんちゃんのおかげね」

そのたびわたしは、うん、と笑顔で頷く。かんちゃんのおかげ。

本当に、そうだと思う。

かんちゃんがいない学校生活なんて、わたしには考えられない。いつも傍にいて助けてくれる、そんな彼のいない毎日なんて、ちょっと想像してみただけでぞっとする。

小さな頃は当たり前だと思っていた。だけど大きくなるにつれ、その存在のすごさを、わたしは意識するようになった。

かんちゃんがわたしの傍にいてくれること。

そのありがたさやかけがえのなさと、——不思議さを。

「七海ちゃんってさ、なんで土屋くんと仲良いの？」

中学校に上がってから、そんなふうに訊かれることが増えた。おもにクラスの女の子から、なんとなく不満そうに。

訊かれるたび、わたしは決まって同じ答えを返した。

〝家が近所で、親同士の仲が良くて、小さな頃からいっしょにいたから〟

「それだけ？」

そう答えればたいてい、そんな言葉が返ってくる。ちょっと眉を寄せた、納得できない、という感じの表情といっしょに。

だからわたしは困ったように笑って、「それだけだよ」と重ねる。

だって本当に、それだけ、だから。

中学の三年間も、かんちゃんにたくさん助けてもらいながら、わたしはどうにか無事に卒業を迎えた。

あいかわらず校外行事はほとんど参加できなかったけれど、普段の欠席の回数自体はそれほど多くなかった。休んでばかりだった保育園や小学校に比べると、それだけでも格段に進歩したと思う。

ただ休まずに登校しただけ、なんて、たぶん他の人にとっては当たり前のことなのだろうけれど。それでもわたしにとっては立派な成長なのだと、そう思うことにした。

体育に参加できない分、勉強は人一倍頑張ったつもりだったけれど、テストの成績は最後までパッとしなかった。それでもかんちゃんの助けもあったおかげで、一度も赤点をとることはなかった。頭の悪いわたしにしてはそれだけでも立派だと、わたしはここでもハードルを下げて、自分を認めてあげた。

高校受験も、かんちゃんが手伝ってくれた。自分の勉強の合間、わたしの勉強も丁寧に見てくれた。おかげで、どうにかわたしは第一志望の高校に合格することができた。

校風だとか制服のかわいさだとかより、とにかく交通の便の良さで選んだ高校だった。最寄駅から徒歩三分。毎日のことだから、ここが長いと七海にはきついだろう、というお母さんたちの助言を受けて決めた。

そして、かんちゃんも。わたしと同じ、その高校を受験した。

最初に聞いたときは驚いた。かんちゃんはわたしよりずっと成績が良かったし、わたしでも受かるランクの高校なんて、かんちゃんにはどう考えても釣り合っていなかった。当然担任の先生もそう思ったようで、何度かかんちゃんを呼びつけ、本当にそこでいいのか、と志望校の確認をしている姿を見かけたことがある。

それでもかんちゃんは、変えなかった。

わたしと同じ、パッとしない偏差値の高校を受験し、もちろん合格した。

「交通の便が良かったから」

と、かんちゃんは言っていた。

「べつに高校なんてどこでもよかったし。それなら通いやすいところにしようと思って。毎朝長距離歩くの嫌だし」

かんちゃんの進学先を知って、お母さんはそれはもう喜んでいた。

心の底からうれしそうな顔で、「よかった」と何度も何度も口にした。

「本当によかった。高校でも、かんちゃんが七海といっしょにいてくれるなんて。私もこれで安心だ」

噛みしめるようなその口調を聞いていると、そうだなあ、本当によかったなあ、って、わたしもあらためて実感する。

昔から、お母さんはかんちゃんに全幅の信頼を置いていた。

小学校に入学したばかりの頃なんて、七海がちゃんと学校までたどり着けるか心配だから、と毎日わたしを学校まで送ろうとしていたお母さんは、かんちゃんが毎日いっしょに学校に行くと約束してくれたことで、家の前でわたしを送り出せるようになった。

「よかった。かんちゃんがいっしょなら、安心ね」

そのときも噛みしめるような口調で、お母さんは言った。

「かんちゃん、いつもありがとうね」

そしてその頃から、お母さんはかんちゃんに会うたび、そんなふうにお礼を言うようになった。うれしそうにかんちゃんの手をとって、そのとき持っていたお菓子だとかを渡しながら。

「これからも、七海のことよろしくね。かんちゃん」

お母さんのそんな言葉に、「はい」と大人びた顔で頷くかんちゃんを見ていると、いつも胸の奥のほうが軽く波立つ。

まるで、自分が小さな子どもにでもなったかのような気分になって。くすぐったいような、情けないような、よくわからない感情が込み上げてくる。

そこでかんちゃんが頷いてくれて、うれしいと思う。たしかに心から、そう思う。

これからもかんちゃんは、わたしといっしょにいてくれる。わたしを助けてくれる。かんちゃんの助けがあるなら、わたしは高校でもきっと大丈夫。中学の頃と同じように、やっていける。

これ以上にありがたいことなんてない。こんな、なにもできないわたしと、かんちゃんはいっしょにいてくれる。迷惑ばかりかけているのに、ずっと助けてくれる。

本当に、うれしい。うれしい、のに。

心の片隅で、ぴりっとした痛みが走るのは、なんでだろう。

胸の奥に、薄暗い靄が広がるのは。

「クラス、ちゃんと馴染めるかな、わたし。心配だなあ。六クラスもあるから、かんちゃんとも離れちゃうかもだし……」

「大丈夫だろ。同じ中学のやつもわりといるし、最初はそこで固まっとけば」

真新しいブレザーに身を包んで、傷ひとつないぴかぴかの指定鞄を肩にかけ、かんちゃんとふたり、電車に揺られる。

登校初日だけど、こんなふうにかんちゃんと並んで他愛ない会話を交わしているのは、中学までとなにも変わらない。九年間続いてきた、慣れ親しんだ光景だった。

それがまた、今日からも続いていく。これまでと変わらない日々が、きっと三年間。

それは本当に、これ以上ない、安心だった。

そんなふうにして過ごしていけば、きっとわたしの高校生活は平穏だ。中学の頃と同じように。

――同じ、ように。

ふっとまた胸に靄がかかりそうになって、わたしは窓の外へ視線を飛ばした。

あまり馴染みのない街の景色が、流れていく。だけどすぐに見慣れるのだろう。これから三年間、毎日眺める景色なのだから。

——ずっと同じ気持ちで、眺めるのかな。

ふいに頭の隅をそんな考えがよぎって、わたしは振り払うように目を伏せた。

それで、なにが悪いのだろう。

頭も悪い、ポンコツな身体のわたしが何不自由なく生きていけるなんて、それだけで充分すぎるぐらいなんだ。ずっと傍にいて助けてくれる優しい幼なじみがいて、こんなに恵まれたことなんてない。これ以上なにかを望むなんてとんでもない。今、与えられているものを大切にしながら、わたしはわたしにできることだけ、頑張っていけばいい。

わたしはこれからも、こうして生きていけばいい。それがいい。それがいちばん、幸せなんだ。

——そう言い聞かせながら始まった、高校生活で。

樋渡卓くんとはじめて話したのは、最初の体育の授業のときだった。

第二章　いたかった

最初の体育は、どうしても参加したかった。入学したときから、わたしはそれだけは強く心に決めていた。

初っ端から見学なんてして、〝あの子は体育に参加できない子〟という認識を持たれるのは避けたかった。中学のとき、そうだったように。

せめてそこだけでも、高校では変えたかった。せっかく環境が変わったのだから、ここが絶好のチャンスだと思った。

それでも内容によっては見学もやむを得ないとは思っていたけれど、最初の体育の内容は、『軽く身体を動かしましょう』ということで、ストレッチやジョギングをやると聞いた。

それならきっと大丈夫だ、とわたしは思った。

ストレッチやジョギングなら激しく動くこともないし、きつくなってきたら早めに休めばいい。走るのは少し心配だけど、ジョギングなら自分のペースでやれる。無理をしないよう自分で調整しながら、参加すればいい。そう考えて、わたしは自信をもって、今日の体育に挑んだのだけれど――。

……見誤った。

グラウンドを走りながら、わたしはつくづくそんなことを噛みしめていた。

結論から言うと、まったく大丈夫ではなかった。

始まってすぐに、みんなにとっての『軽く』とわたしにとっての『軽く』がぜんぜん違うことを、思い知ることになった。

わたしの思っていたジョギングは、それこそ歩くよりほんの少しだけ速いぐらいの速さで、のんびりと走ることだった。

けれどスタートの合図とともに走り出したみんなの中に、そんな速さの人はひとりもいなかった。ぐんぐん前へ進むみんなに、あっという間に置いていかれたわたしは、しばしあっけにとられて遠ざかるみんなの背中を眺めてしまった。

うそ、速い。

驚いて、わたしは思わず周りを見渡す。

誰もいない。わたしひとり、ぽつんと取り残されている。前を見ると、速い人はすでにグラウンドを半周回ろうとしている。

——みんなにとっての〝軽いジョギング〟って、こんなに速いんだ。

衝撃を受けながら、わたしもあわてて速度を上げた。

焦(あせ)ってしまった。ひとりだけ置いていかれていることが、急に恥ずかしくなって。

少し前を女子の集団が走っていたので、せめてそれに追いつきたかった。

きっとのんびりと走っているのだろう彼女たちも、わたしにとってはだいぶ速かった。必死に腕を振り、速度を上げても、なかなか距離は縮まらない。むしろついていくのがやっとだ。気を抜けば、ますます離されてしまう。

無理なく、自分のペースで、なんて。実際走ってみると、とうてい無理だった。ただ、置いていかれたくない。すぐにそれで頭がいっぱいになった。

ひとりだけみんなより圧倒的に遅いペースでのろのろ走っていたら、きっと悪目立ちしてしまう。やる気がない不真面目な子と見られるかもしれない。最初の授業でそんな印象をつけるのはぜったいに良くない。もしかしたら、体育に参加できない子と認識されるより、そちらのほうがまずかったかもしれない。

……ああ、失敗した、かも。

いっこうに距離の縮まらない集団の背中を見ながら、わたしは泣きたくなってくる。自惚れていた。ここまで、わたしができないとは思わなかった。昔よりちょっと身体が丈夫になったぐらいで、きっとみんなと同じようにやれると、慢心していた。

半周を過ぎる頃には、わたしの喉はぜえぜえと鳴っていた。苦しい。前を走っている女の子たちなんて、みんな涼しい顔をして、時折雑談なんかもしているみたいなのに。

——どうしてわたしだけ、こうなんだろう。

じわっと目の奥が熱くなって、かすかに視界がにじむ。

止まったほうがいいと、頭ではわかっていた。それでもわたしの足は、止まろうとしなかった。止まりたくないと、心のどこかが叫んでいた。

最初の授業の軽いジョギングですら、グラウンド一周も走れずに終わってしまうなんて、たまらなく嫌だった。出だしでつまずいてしまったら、この先もずっと駄目になりそうだった。わたしはやっぱり〝できない子〟なのだと、これで烙印(らくいん)を押されてしまう気がした。

だから頑張りたくて、けれど鉛(なまり)を括(くく)りつけられたみたいに重たい足は、これ以上速く動いてはくれない。そのあいだにもどんどん遠ざかっていくみんなの背中を、途方に暮れたように眺めていたとき、

「――ねえ、大丈夫？」

ふいに横から声がした。

はっとして声のしたほうを振り向くと、グラウンドの外に、制服を着たひとりの男の子がいた。

「きつそうだよ。ちょっと休んだら？」

のろのろと走るわたしの横を、同じ速さで歩きながら、彼はそんな言葉を投げてくる。

大丈夫、とわたしは咄嗟に首を振ろうとした。

だけど声を出そうとした瞬間、うまく息を吸えずに思いきり咳きこんだ。

背中を丸め、立ち止まる。咳は連続して込み上げ、わたしは苦しさに思わずしゃがみこんだ。目尻に涙が浮かぶ。

彼はなにも言わず、咳きこむわたしの背中に手を置いた。そうして何度か、上下にゆっくりと撫でた。

その動作がなんだかひどく落ち着いていて優しくて、安心したのを覚えている。

「どうした、大丈夫か」

そうしているうちに先生も気づいたようで、声を上げながらこちらへ駆け寄ってきた。

そのときにはもうさすがに、まだ走りたい、なんて気持ちは萎んでいた。身体が限界だというのも、自分でわかった。

呼吸が落ち着いたところで、わたしは先生とその男の子に支えられるようにして、校舎近くの日陰まで移動した。保健室に行くかと先生に訊かれたけれど、わたしは首を横に振った。単純に無理をしたから疲れただけで、休めば回復するのはわかっていたから。

わたしの体調がさほど深刻ではないことを確認すると、「ここで休んでおくように」と言い置いて、先生は授業に戻っていった。

「大丈夫？」

先生がいなくなると、わたしの隣に座った男の子が、再度訊ねてきた。

うん、と頷きながら振り向いて、わたしはそこではじめてちゃんと彼の顔を見た。

肌が白いなあ、と最初に思った。

今までほとんど外で活動してこなかったわたしだって人のことは言えないけれど、彼の白さは一瞬はっとしてしまうほどだった。まるで今まで一度も、陽の光を浴びたことがないかのような。

身体つきもほっそりしていて、耳にかかる程度の癖のない髪や、涼しげな一重の目元も合わせて、全体的に線が細く、中性的な印象のきれいな男の子だった。

「ありがとう、声かけてくれて。えっと……」

「あ、樋渡卓といいます。よろしくお願いします」

名前を呼ぼうとしてわたしが口ごもると、彼はすぐに察したように、笑って名乗ってくれた。

その笑顔のやわらかさに、つられるようにわたしも笑うと、

「ごめんね、同じクラスなのに、まだ覚えてなくて……」

「いや、ふつうでしょ。まだ三日目だし、俺もぜんぜん覚えてないよ。というわけで、あなたの名前は」

「あ、わたしは椎野七海です。えっと、よろしくね」

「椎野さん。よろしくね」

そう言って笑った樋渡くんの笑顔は、とてもきれいで感じが良かった。表情も口調もやわらかくて、全身から穏やかさがにじみ出ているような人だなあ、とわたしが感じていると、

「保健室は、本当に行かなくて大丈夫？」

「あ、うん。大丈夫だよ」

思い出したように樋渡くんに訊かれたので、わたしは笑顔で頷いた。

「わたし、こういうの、よくあるから」

だから心配することはない、というつもりで、軽く重ねた言葉だった。けれど樋渡くんはそれを聞いて、むしろ眉を寄せると、

「よくあるの？」

訊き返した彼の口調が少し硬かったので、心臓がどくんと音を立てた。頬が強張る。

失敗した、と咄嗟に思った。

——よくあるなら気をつけないと駄目じゃん。なんで体育参加したの。次からはちゃんと見学しなよ。

聞いたわけでもないのに、彼が次に続けるそんな言葉が、耳元で響いた気がして、

「あ、う、うん。あの、わたしね」

追い立てられるように、わたしはあわてて口を開いていた。

「ちょっと身体が、えっと、あんまり強くなくて。でも今日は軽く身体動かすだけだって聞いてたから、いけるかなー、なんて思ったんだけど、やっぱりぜんぜん駄目だった。甘かったたな。失敗しちゃった。次からはちゃんと、見学しなきゃだね」

へらっと笑いながら、言い訳するような早口でわたしが言うと、

「……え、なんで？」

「え」

「今日駄目だったからって、次見学しなくてもいいと思うけど」

樋渡くんは眉を寄せたまま、じっとわたしの顔を見ていた。

思いがけない言葉が返ってきたことに、わたしは反応が遅れた。思わず、無言で樋渡くんの目を見つめ返してしまっていると、

「べつに、今日が駄目だったから次も駄目とは限らないし。いけるかな、と思ったら参加していいんじゃない？」

至極当たり前のことを告げるかのようなあっさりした調子で、樋渡くんは言葉を続けた。

「え……で、でも」

わたしは困惑(こんわく)して、つかえながら返す。

「参加したら、たぶん、またわたし、具合悪くなるし……」

「そうなったら休めばいいじゃん。今日みたいに。そんな、最初から見学って決めなくても」

迷いのない口調で言い切った樋渡くんの顔を、わたしが黙って見つめていると、

「あ、ごめん」

わたしの視線になにを思ったのか、ふいに樋渡くんは苦笑して、指先で自分の頬を掻(か)いた。

「べつに、参加しなって言ってるわけじゃないよ。ただ、見学しなきゃって思う必要はないんじゃない、って言いたかっただけ。椎野さんが参加したくないならそれでいいと思う。今日みたいに具合悪くなるの、そりゃ嫌だよね。きついし」

「あ、ううん。あの、違くて」

困ったようなその笑顔を見たわたしは、あわてて口を開いた。

「嫌じゃ、なくて」

声は、ひとりでに喉からすべり出ていた。

そうだ、嫌じゃない。口にしたあとで自覚する。

なんにも嫌じゃない。体育に参加して、そのせいで具合が悪くなったとしても。そ

りゃそのときはきついけれど、それが嫌だから体育に参加したくない、なんて思わない。

むしろ、それよりもずっと、

「体育を見学してるほうが、わたしは嫌で」

体操服を着て、グラウンドの中を駆け回るみんなを、ひとりだけ制服を着たまま、外から眺めているあの時間が、わたしにはたまらなく苦痛だった。

ひとりだけみんなと違う格好からすべて、わたしだけがみんなと違う異質な存在なのだと、なによりも突きつけられるのが、あの時間だったから。

――だから、わたしは。

「参加、したい。体育、次も」

思えば、その気持ちを口に出したのは、それがはじめてだった。

口に出してから、自分が本当に、心の底からそう思っていたことを痛感した。胸の奥が疼いて、ふつふつと熱いものが込み上げてくるぐらいに。

「そっか」

わたしの言葉を聞いて、樋渡くんが微笑む。そうして続けた。ひどくさらっとした口調で。なんでもないことを、ごく当たり前に告げるみたいに。

「じゃあ、しなよ」

って。

だけどけっきょく、次の体育に参加することは叶わなかった。

体調を崩したわけでも、誰かに止められたわけでもない。ただ、次の体育では持久

走をやると聞いたときに、さすがにこれは無理だと自分で判断した。

体育でやる運動の中でも、『これならいけそう』とか『これはぜったいに無理』と

かいうランク付けがわたしの中にあって、持久走といえば、『これはぜったいに無理』

の最たるものだった。小学校の頃から一度も、参加したことはない。お母さんやかん

ちゃんからも当然のように止められてきたし、わたしにとっても、持久走なんてわた

しにできるはずがない、とハナから諦めているものだった。

だからその日は体操服に着替えることもなく、制服のままグラウンドに出ると、

「あれ、樋渡くん」

グラウンドには、もうひとり制服姿の生徒がいた。前回の体育でもひとりだけ制服

で見学していた彼が、今日もまた、同じ格好でいた。

こちらを振り向いた樋渡くんは、わたしの格好を見て、「あれ」と軽く首を傾げる

と、

「椎野さん見学するの？」

「あ、うん……」

この前彼と交わした会話を思い出して、わたしはちょっと後ろめたくなりながら、

「今日は持久走だって聞いたから。さすがに、やめとこうかなあって」

「そっか。俺も」

知らず知らず語尾が小さくなったわたしに、樋渡くんはとくになにも言うことはなかった。ただそれだけ相槌を打って、「じゃあ、今日もいっしょに見学しとこ」と、やわらかく笑った。

「……あの、樋渡くん」

「うん？」

先日と同じように、わたしたちは校舎近くの日陰に移動した。

グラウンドでは、みんなが準備運動をしている。先生の指示でふたりずつ背中合わせになり、ひとりが身体を前屈させ、その背中にもうひとりを乗せている。

その中には、高校に入学して最初にできた友だちである、隣の席の理沙ちゃんもいた。当然ながらべつの女の子とペアを組んで、楽しそうにストレッチをしている。明るい笑い声は、こちらまでよく響いた。

眺めているとなんだか落ちこんできて、わたしは気を逸らすように、隣に座る樋渡

くんに話しかけてみる。

「樋渡くんは、その、どうして見学してるの？　今日も、この前も……」

先日も気になったけれど、けっきょく訊けなかった疑問だった。

体調が悪かったのかと思っていたけれど、あのあと、教室に戻った樋渡くんはいたって元気そうだった。咳きこんだり鼻をすったりといった様子もなかったし、友だちと楽しそうに笑っていたり、お弁当もふつうに食べている姿を見かけた。

今日も変わらず、朝から元気なように見えていたけれど、彼はまた、体育を見学している。

どうしてだろう。考えたとき、一瞬、淡い期待がわたしの中をよぎった。

──もしかして、樋渡くんもわたしと同じなのかもしれない、なんて。

「俺さ、走れなくて」

けれど樋渡くんがあっさりとした口調で返した答えは、わたしの予想とは少し違った。

「走れない？」

「うん。長い距離は走っちゃ駄目って言われてるんだ。去年心臓の手術したから、軽い運動ぐらいは大丈夫なんだけど、ジョギングとか持久走とかはちょっとまだ」

「え、え？　ちょっと待って」

さらっとした口調とあまりに釣り合わない重い単語が出ていて、わたしは驚いて樋渡くんのほうを見た。

「手術？　心臓の手術したの？」

「うん。去年の夏に」

「え、それで、今はもう大丈夫なの？」

「ふつうに生活してる分には、もうぜんぜん。ただ走るのだけ、ちょっとまだやめておきましょうってだけ。いちおう先生に禁止されてるし、さすがにそれは守らないとなって」

　なんでもないことのように笑顔で話す樋渡くんの顔を、わたしは呆（ほう）けたように見つめてしまった。

　そこでまた、彼の肌の白さが目についた。周りの男の子に比べるとちょっと心配になってしまうぐらいの線の細さも、それを思えば合点（がてん）がいった。

　わたしと似ている気がする、と、心の片隅で感じた理由も。

「それがなかったら、参加したかったんだけどね。持久走」

　わたしが返す言葉に迷っているうちに、樋渡くんは朗（ほが）らかな口調で続けた。

　明るい声の響くグラウンドのほうを眺め、眩しそうに目を細める。

「楽しそうじゃない？　持久走って。すごい憧れてる」

「……楽しそう、かな？」

持久走がそんなふうに評されるのをあまり聞いたことがなくて、わたしはちょっと首を捻る。

持久走といえば、体育の中でももっとも嫌われている種目、という印象だった。今日だって、持久走をやると聞いたみんなからはブーイングが起きていた。

わたしはやったことがないけれど、どれだけきついのかはみんなの様子を見ていればよくわかった。苦しげな顔をして、重たい足を必死に動かすようにして走るみんなの姿を、小学校の頃から何度も見てきた。

ひとりだけグラウンドの外から、頑張れ、と声を張り上げることしかできずに。

思い出すと、ふいに胸がずきんと痛んだ。

――いいなあ、七海ちゃんは。

そんなふうに応援していたら、走り終えたひとりの女の子から、吐き捨てるように言われたこと。

――ひとりだけ走らないでよくて。ずるい。

「もちろん、めちゃくちゃきついんだろうけどさ」

わたしが黙っているあいだに、樋渡くんはあいかわらず朗らかな口調で重ねる。穏やかな横顔でグラウンドのほうを眺めながら、

「でもそういう、自分の限界まで走る、みたいなのやってみたくて。走り切ったあとの満足感とか、清々しさとか。そういうの味わってみたい。ぜったいできないからこそ、憧れちゃうんだろうけど」

「わかる」

気づけば、わたしの口からはぽろっとそんな言葉がこぼれ落ちていた。

樋渡くんの言葉を聞いているうちに、瞼の裏に浮かんだ。

苦しそうに歯を食いしばるようにして、それでも必死にゴールへ向かって走り続けるみんなの姿。そうして走り切ったあとの、やりきった、という感じがあふれる笑顔の清々しさ。わたしにはぜったいに浮かべられない表情だと思いながら眺めていた、そのときのみんなの顔が、本当に眩しかったこと。

うらやましかった。わたしもあの中に入りたかった。めっちゃきつかったー、なんて、汗の浮かぶ赤い顔で、友だちと笑い合ってみたかった。

だから。

「……わたしも、やってみたい。持久走」

口に出すとよりいっそう、熱いものがぐんと込み上げてくるのを感じた。

気づいていなかっただけで、本当はずっと、胸の奥でくすぶっていたのかもしれない。

グラウンドへ視線を向けると、準備運動を終えたみんなが、走り出そうとしていた。先生の合図で、スタートラインに並んでいたみんながいっせいに地面を蹴る。

前回はわたしも、あの中にいた。ぜんぜんついていけずに、ひとり取り残されてしまった。だから今日も当然無理だと思って、最初から諦めてしまったけれど。

——やっぱり、いたかった。あの中に。

今更、そんなことを強く思う。

けっきょく無理なのだとしても、いい。最後まで走れなくても。みんなよりできなくてもいいから、みんなと同じように、精いっぱい頑張ってみたかった。最初から、わたしには無理だって諦めるんじゃなくて。

「じゃあ次は、参加したら？」

「え」

さらっと向けられた言葉に、わたしは樋渡くんのほうを振り向いた。

樋渡くんはあいかわらず穏やかな横顔で、グラウンドを走るみんなを眺めたまま、

「椎野さんは俺みたいに、医者から止められてるわけじゃないんでしょ？」

「う、うん。それはそう、だけど」

「じゃあ一回、やってみてもいいんじゃない？」

当たり前のようにそんな提案をする樋渡くんを、わたしはまた呆けたように見つめ

てしまう。

樋渡くんの言葉は、今までわたしに向けられてきた言葉たちとあまりに毛色が違って、しばし反応が追いつかない。

七海には無理だよ、やめときなよ、って。そんなふうに言われたときの返し方なら、もう考えるまでもないほど、身体に染みついているのに。

そうだよね、って心配してくれたことに感謝するように微笑んで、わかった、そうする、って、従順さを見せるみたいに頷いて。わたしはずっと、それだけでよかったのに。

「……で、でも」

馴染みのない言葉にわたしは軽く混乱してしまいながら、咄嗟に否定の返しが口をつく。

「参加したら、わたし、ぜったい体調崩しちゃうだろうから……」

「まあ、体調崩すのが嫌なら、そりゃやめたほうがいいと思うけど」

やり取りにふと既視感を覚え、思い出した。

そうだ、前回の体育のときも、樋渡くんはこう言った。わたしが体育に参加したがらないのは、体調を崩すのが嫌だからなんだって、樋渡くんはそんなふうに考えるみたいだ。

そしてやっぱりその言葉には、違う、と言いたくなってしまう。

体調を崩すのなんて嫌じゃない。それが嫌だから、体育に参加したくないわけじゃない。そもそもわたしは、体育に参加したくない、なんて思っていない。

なのにどうして、わたしは当たり前のように見学することを決めたのだろう。たいして悩みもせずに、どうせわたしには無理だから、なんて決めつけていたのだろう。

――今まで無理だったから。

わたしには無理だって、言われてきたから。

だけどそんなの、今までのことで。

明日も、無理だとは、限らないんじゃないのかな。

「……いいのかな、一回、やってみても」

「いいでしょ、そりゃ」

わたしがおそるおそるこぼした言葉に、樋渡くんはあっけらかんと返してくれて、それによりいっそう、ぐんと背中を押された気がした。

そして樋渡くんならきっとこんなふうに返してくれることを、わたしは心のどこかで、期待していた気がした。

顔を上げる。グラウンドを走るみんなが見える。だけどさっきまでとは、微妙に見え方が違う。

――あの中に入りたい。わたしも、走りたい。

あらためて、心の底から、そう強く思った。

「どう、最近」

「へ」

電車の中でかんちゃんにそう訊かれたとき、わたしの心臓は軽く跳ねた。

高校生活が始まって、二週間ほどが経とうとしていた。

わたしとかんちゃんは、今も毎日いっしょに登校している。帰りも時間が合えばいっしょに帰っていたし、クラスは離れたけれど、かんちゃんと話す時間はさほど減ったようには感じない。

クラスには馴染めたか、とか、なにも困ったことはないか、とか。顔を合わせるたび、かんちゃんはしょっちゅう訊いてきてくれた。そのたびわたしは、大丈夫、と心からの笑顔で答えていたのだけれど、今日向けられたかんちゃんの質問には、思わず一瞬、言葉が詰まってしまった。

「え、なに」

そして鋭いかんちゃんはその一瞬の動揺に気づいたようで、軽く眉を寄せてわたし

を見ると、

「なんかあったのか」

「あ、ううんっ、なにも」

わたしはあわてて笑顔を作り、首を横に振る。そうして思わず、肩にかけた鞄の紐を、ぎゅっと握りしめた。

今日はその中に、体操服が入っている。

今朝、少しドキドキしながら、わたしはそれを鞄に入れた。

「なにもないよ。最近ね、学校、すごい楽しくなってきたんだ。クラスで話せる人も増えてきたし」

ごまかすように早口でしゃべったそれは、だけど本心だった。最近、日が経つにつれ、毎日がどんどん楽しくなっていくように感じる。とくに、最初の体育の授業で、樋渡くんと話したあの日から。

今日も、朝から気持ちがとても高揚していた。胸が甘くふくらんで、無意識に鼻歌なんて歌ってしまっていたようで、「ずいぶんごきげんね」と出かけ際にお母さんから指摘されたぐらい。緊張もあったけれど、それは、なんだか心地よい緊張だった。

――なんといっても今日は、体育がある。そして内容は、引き続き持久走をやると聞いている。

それを楽しみに思っているなんて、小学校の頃から今までで、はじめてのことだった。

「そういや、体育いきなり持久走だったな。七海んとこも？」

「へ」

そんなことを考えていたら、まるでわたしの考えを読み取ったようなタイミングでかんちゃんがその単語を口にしたものだから、わたしはまた一瞬うろたえてしまった。

けれど窓の外に視線を飛ばしていたかんちゃんは、今度は気づかなかったようで、

「こんな序盤から持久走やると思わなかった。あれって冬頃にやるもんかと」

「あ……そ、そうだねっ、たしかに」

わたしはなぜかイタズラを隠しているみたいな気分になって、ぎくしゃくと相槌を打つ。鞄の紐を握る右手に、また力がこもった。

「わたしのクラスも持久走だったから、このまえびっくりしたよー」

「大丈夫だった？」

「へ、な、なにが？」

ふいに向けられた質問の意図がわからず、思わず上擦(うわず)った声で訊き返してしまうと、

「見学して、なんか言ってくるやつとかいなかった？　ほら、中学んときいたじゃん。

七海だけ持久走サボっててずるい、とかなんとかふざけたこと言ってきたやつ」

「あ……ああ、うん」

そのときのことを思い出したのか、軽く顔をしかめてかんちゃんが続ける。それにわたしはようやく理解して、ぎこちない笑顔で頷くと、

「大丈夫。なにも言われなかったよ」

「そっか。ならよかった」

「うん」

頷いて、わたしは足元に視線を落とす。

なぜか、喉の奥のほうがひりひりした。言えない言葉が、そこでつかえている。

かんちゃんに、体育を見学したことは話していない。だけどなにも言わずとも、かんちゃんは当然、わたしはそうするものだと思っている。

わたしだって、このままではそうだった。持久走なんてできるはずがないと思っていた。

右手がまた、縋(すが)るように、鞄の紐をぐっと握りしめる。

この中に体操服が入っていることを、かんちゃんは知らない。知ったらなんて言うのだろう。どんな顔をするのだろう。想像したら、それだけで心臓がきゅっと縮こまるような感覚がした。

やっぱり無理だ、とわたしは思う。

かんちゃんには言えない。

だってその顔を見たら、その言葉を聞いたら、わたしは諦めてしまいそうだから。

今、こんなに強く握りしめている決意もきっと、あっけなく折れてしまいそうだから。

——昔からずっと、そうだったように。

＊　＊　＊

「今度の日曜日、サッカー部の試合があるんだってね。土屋くんも出るらしいけど、七海ちゃんは応援行くの？」

「……へ？　試合？」

中学二年生の夏だった。クラスメイトの女の子からそう訊かれたとき、わたしはぽかんとして、その子の目を見つめ返してしまった。

その反応に、「え？」と彼女のほうもぽかんとした顔になり、

「サッカー部の地区大会の予選。今度の日曜に、西(にし)中であるって聞いたけど」

「え、あ……そう、なんだ」

知らなかった。

声が震えそうになるのを堪えながら、わたしがそう言ってへらっと笑えば、

「えっ、うそ。そういうの、土屋くん教えてくれないの？」

「うん。かんちゃん、あんまりわたしに部活の話とかしなくて……」

「へえ、なんでだろ？　土屋くん、七海ちゃんにも試合の応援来てほしいんじゃないのかなあ」

純粋に、わけがわからない、という顔で不思議そうに首を傾げる彼女に、わたしも合わせるように、「なんでだろうねえ」と曖昧に笑う。

無理に持ち上げた口角が、強張っているのを感じた。

先ほど聞かされた事実が、まだ喉の奥あたりにつかえていて、息がうまく通らない。

全身が、ひどく冷たい。

——知らなかった。試合があることなんて。

わたしは〝また〟、なにも教えてもらえなかった。


そのショックを引きずっていたせいというわけではないだろうけれど、次の授業中、わたしは貧血を起こしてしまった。

顔を上げているのもきつくて机に突っ伏していたら、例によって、かんちゃんが真っ先に気づいてくれて、

「先生、七海が具合悪そうなので、保健室に連れていきます」

　さっと手を挙げ、明瞭な声でそう告げた。

　先生も慣れた様子ですぐに頷いて、「お願いね」とかんちゃんに言う。

　かんちゃんは保健委員ではない。だから最初の頃は律儀に、「じゃあ保健委員さんお願いします」と言っていた先生も、今は当たり前のようにかんちゃんに頼むようになった。

　保健委員の子も今はもう、立ち上がろうとすらしない。わたしのときはかんちゃんが連れていくのが当たり前なのだと、きっとみんなそう思っていた。

　わたしの席まで来てくれたかんちゃんに支えられ、わたしがなんとか立ち上がると、

「大丈夫？　七海ちゃん」

　隣の席の女の子が、小声でそっと訊ねてきた。

　優しいその子は、いつもそんなふうに訊いてくれる。だからわたしは笑って、「大丈夫」と返す。

　このやり取りも、もう何度目になるかわからない。

　うんざりすることもなくその子は訊いてきてくれるけれど、最初の頃に比べれば、彼女の表情に心配そうな色は薄くなったように思う。そりゃ、こうも頻繁だとその子が慣れるのも当たり前だろうけれど。

きっとみんなも、こんな光景にはとっくに慣れていた。最初の頃みたいに、物珍しそうだったり心配そうだったり、そんな顔でこちらを見てくるクラスメイトは、もうひとりもいない。わたしたちが教室を出た直後には、先生がなにごともなく授業を再開した声が、ドア越しに聞こえた。

——当たり前に、なっていた。

いつの間にか、わたしにとっても。

足元がふらつくから、かんちゃんの腕を借りて歩くことにも、もう抵抗なんてない。最初は恥ずかしいとか申し訳ないとか、いろいろ思っていたはずなのに。今は、なにも思わない。すっかり慣れてしまった。

心が波立たなくなったのが良いことなのか悪いことなのか、わたしにはよくわからなかった。

「かんちゃん、今度の日曜日、サッカー部の試合があるの?」

保健室に着くと、わたしをベッドに座らせるなり、さっさと教室に戻ろうとしたかんちゃんを呼び止め、わたしは訊ねた。

訊ねたあとで、そういえば今日こんなふうにかんちゃんと言葉を交わすのは、これがはじめてだと気づく。サッカー部に入ったかんちゃんは、朝も放課後も忙しくなって、なかなかわたしと登下校の時間が合わなくなったから。

わたしはけっきょく、なんの部活にも入らなかった。

入学前はずっと抱いていた、わたしもどこかの部活に入りたいな、というぼんやりした願望は、かんちゃんに、七海には無理だときっぱり言い切られた瞬間にはもう、すっかり萎んでいた。

きっとその程度の気持ちだったのだろう。かんちゃんの言うとおり、どうせ入ってもろくに活動できないことは目に見えているし、身の丈に合わないことはしないほうがいいと、すぐに諦めた。

――わたしはわたしにできることだけ、やっていけばいい。

これ以上、みんなに迷惑をかけないように。

「あるけど」

足を止めたかんちゃんが、こちらを振り向いて答える。なんだか少し面倒くさそうな顔をしたかんちゃんと目が合って、心臓をぎゅっと絞られるような感覚がした。

すでにちょっと訊ねたことを後悔しながら、だけどここで止めるわけにもいかず、わたしはへらりと笑って質問を重ねる。

「かんちゃん出るんだよね？」

「いちおう」

「じゃあわたし、応援に行きたいなあ」

「え、無理だろ」

間髪入れず返ってきたのは、いつもと同じ言葉。予想していた言葉。

それでも一瞬、喉をぐっと絞められたみたいに息が詰まる。指先が冷たくなる。

どうしてか、この言葉だけは、何度言われても慣れなくて。

「……なんで？」

「外だし暑いし。また倒れるかもじゃん、七海が行ったら」

「大丈夫だよ。日陰にいるし、きつくなったら早めに帰るから……」

「無理だって、七海には。サッカーの試合長いし、そこまでして応援来てもらうほどの大会でもないし」

でも、行きたい。

言い募ろうとした言葉は、喉の途中で詰まって、出てこなかった。

代わりに、

「……うん。わかった」

力ない笑みといっしょに、そんな言葉を押し出す。いつもと同じ。間違っても、断られたことに対して不機嫌な表情なんて見せないように。むしろ、わがまま言ってごめんね、と詫びるように。

媚びるような笑い方だと、自覚していた。

だけど今更、直すこともできなかった。

いつからこうなったのだろう。

昔はもっと、かんちゃんにわがままを言ったり、思いきり笑ったりもできた。かんちゃんの顔色を窺ったり、不快にさせないよう表情の作り方に気を遣うことなんてなかった。かんちゃんはただ、いっしょにいると楽しい、大好きな友だちだった。


——だけどもう、今は怖い。

かんちゃんといっしょにいると、心のどこかが、ずっと怖い。


成長するにつれ、知ってしまった。わたしたちはちっとも対等なんかじゃなかった。もしかしたら最初から、友だちとすら呼べなかったのかもしれない。勝手に友だちだと思っていたのは、わたしだけだったのかもしれない。

部活の試合があっても、かんちゃんが一度も、わたしにそれを教えてくれたことがないように。

かんちゃんはわたしに、試合のことを知ってほしいとか応援してほしいとか、そんなことは少しも思っていない。試合のことだけじゃなくて、他のことでもなんでも。

いつだって、かんちゃんはわたしに、なにも望まない。なにも期待しない。わたしにしてほしいこととか、わたしといっしょにやりたいこととか、そんなの、かんちゃんにはひとつもない。きっと。

ただ、わたしがバカだから勉強を教えてくれる。わたしの身体がポンコツだから、心配して傍にいてくれる。わたしがなにもできないから。〝かわいそう〟だから。わたしたちの関係なんて、ただそれだけで。それ以外は、なんにもない。

そしてわたしは、かんちゃんが与えてくれるそんな優しさに、縋るしかない。ひとりではなにもできない、こんなわたしは。みじめでも悲しくても、そんなふうに誰かの助けを借りて、生きていくしか。

だから、わたしはかんちゃんに、嫌われるわけにはいかない。

嫌われないように、気をつけていなければいけない。

いつもわたしを助けてくれる、かんちゃんに。──嫌われると、困るから。

＊＊＊

「えっ、七海ちゃん、体育参加するの!?」

体操服を入れたビニールバッグを手にわたしが立ち上がると、隣の席から、理沙ちゃんのぎょっとしたような声が飛んできた。

うん、とわたしはなんとなくはにかみながら頷いて、

「今日は、頑張ってみようかなって……」

「大丈夫？　今日も持久走らしいよ？　無理しないほうがいいんじゃない？」

「大丈夫。きつくなったらすぐやめるから」

理沙ちゃんとそんな会話を交わしながら向かった先の更衣室。そこでも、周りのクラスメイトたちは着替えるわたしを見て驚いたように、

「えっ!?　七海ちゃん参加するの？」

「大丈夫？　身体弱いんだったよね？　今日も持久走だよ？」

口々に訊ねてくれるみんなに、何度も「大丈夫」と笑顔で首を振りながら、わたしは体操服に袖を通す。

外に出ると、先生までわたしを見つけて目を丸くしていた。参加するのかと驚いたように確認され、わたしが頷くと、くれぐれも無理はしないように、ということを、ものすごく真剣なトーンで言われた。

「椎野さん」

始業時刻になり、集合がかかったのでわたしが向かおうとしたときだった。ふと後ろから呼び止められ、振り向くと、今日も制服を着た樋渡くんがいた。

「無理はしないようにね」

まっすぐにわたしの目を見ながら、先生や理沙ちゃんたちと同じことを、樋渡くんもやっぱり真剣なトーンで口にした。

だけどそれに、「うん」とわたしが大きく頷いてみせると、樋渡くんはふっと表情をやわらげて、

「頑張ってね」

そう言って、ぐっと握った拳を顔の横に掲げてくれた。

途端、胸の奥にじわっと温かいものが広がる。つられるように、わたしの頬もゆるむのを感じながら、

「……うん！」

わたしはもう一度大きく頷いて、同じように拳を握ってみせてから、駆け足でグラウンドへ向かった。

スタートラインに並ぶと、胸がドキドキと高鳴った。心地よい緊張が、全身に満ちている。

隣に立つ理沙ちゃんが、「無理はしちゃ駄目だよ」とそっと耳打ちしてくる。

「うん」とわたしは理沙ちゃんの目を見て笑顔で頷いてから、前を向き直った。

グラウンドの黄土色が眩しい。顔に当たる日差しの暖かさも、なんだか、このまえとはぜんぜん違う。指の先まで、全身がぽかぽかと温かい。

「よーい……スタート！」

先生の合図を受けて走り出したみんなは、先日のジョギングのときよりずっと速かった。あっという間に、背中が遠ざかっていく。

だけど今日は、それで焦ったりしない。置いていかれてもいい。今日の目標は、みんなについていくことではなく、自分のペースで走り切ることだと決めてきた。理沙ちゃんにも、わたしのことは気にせず自分のペースで走ってくれるよう、事前にお願いしている。

そもそも、今までろくに体育の授業すら参加してこなかったわたしが、いきなりみんなと同じようにやろうとすること自体が、とうてい無理な話だったんだ。このまえは最初だからと、知らぬ間に気張りすぎていたのだと思う。

わたしは、わたしのペースで、やればいい。

まっすぐに前を見つめ、足を動かす。はっ、はっ、と規則正しく息を吐く。

前回はスタート直後に無理をしたせいで、すぐに苦しくなってしまった。だから今日は、呼吸が乱れないぐらいのペースを保つことを、きっちり意識しながら走った。みんなの背中は見ない。見るのはただ、わたしが走るコースだけ。

――ああ、わたし、走ってる。

グラウンドの半周を過ぎたとき、ふいにそんなことを実感して、胸が震えた。

周りからは、走っているようには見えないぐらいのスピードなのかもしれないけれど。それでも今、わたしは走っている。ちゃんと腕を振り、地面を蹴っている。

身体が軽かった。吸いこむ息も、肌で感じる日差しも、ぜんぶ心地よい。息はだいぶ上がっていたけれど、その苦しさすら心地よかった。できるなら、このままずっと走っていたいと思うぐらいに。

だけどグラウンドを一周走り切る頃には、さすがに苦しさが本格的になっていた。足も急に重たくなってきて、なかなか前へ進まない。前方を見据えていた視線も、知らず知らず下へ落ちていく。

ここまでだ、と思った。

始まる前に、固く決めていたことだった。ぜったいに無理はしない。自分の体調を見極め、危ないと思ったらすぐに止めること。

だからわたしは足を止めると、荒い呼吸に肩を揺らしながら、グラウンドの外へ出た。下を向くと、額を汗が伝い、地面に落ちた。顔の熱さに、わたしはそこではじめて気づいた。呼吸はなかなか収まらず、喉が鳴る。背中を曲げ、膝(ひざ)に手を置いた。苦しくて、熱い。口の中はカラカラで、喉がひりひりする。

だけど、なんでだろう。なんだかすごく、――すごく、気持ちいい。

「椎野さん！　大丈夫？」

きっと気にして見ていてくれたのだろう。樋渡くんがすぐに止まったわたしに気づいて、駆け寄ってきてくれた。

わたしは膝に手を置いたまま、なんとか顔を上げ、笑顔を作る。きっと不格好な笑顔になっているのはわかったけれど、それでもそうしたかった。このうれしさを、樋渡くんに伝えたかった。

たぶんぐしゃぐしゃになっている笑顔といっしょにピースサインを向ければ、樋渡くんも笑って、

「どうですか、走った感想は」

「すごい、気持ちいい。なんかね、やりきった、って感じ。いや、ぜんぜん、やりきっては、ないんだけど」

気持ちがとても高揚していた。樋渡くんの質問に、言葉が次々に喉からあふれてきて、思わず早口になる。呼吸はまだ苦しいのに、それでも今の気持ちを伝えたくて、荒い息の合間、掠(かす)れた声でわたしがまくし立てていると、

「やりきったよ」

樋渡くんは静かに、だけどはっきりとした声で、そう言った。

顔を上げると、樋渡くんはやわらかな笑顔で、まっすぐにわたしを見つめたまま、

「頑張ったね、椎野さん」

その声と言葉はまるで、わたしの胸に温かく染み入っていくように響いた。

ふいに鼻の奥がつんとする。うん、と小さく頷いて、わたしは顔を伏せた。

顔はまだ熱い。心臓も、あいかわらずうるさい。どんなに待っていても、それはいっこうに、引いてくれなかった。


その後、学校ではとくに体調は崩さなかったけれど、その日の夜に熱が出た。

自分では無理をする前に止めたつもりだったけれど、さすがにあんなに長い距離を走ったのははじめてだったから、疲れが出たらしい。

毎日やっていた明日の予習も今日は諦め、薬を飲んでベッドに入る。

頭が痛くてぼうっとする。身体は重たくて、たしかにきつい。なのに不思議と、つらくはなかった。それよりも、目を閉じると体育の授業での高揚を思い出して、胸の奥がくすぐったくなった。

——この熱は、今日わたしが頑張った証だ。

そう思えば、なにもつらくなかった。熱を持った自分の身体すら、愛おしく思えた。

第三章　嘘がつけない

……あ、そういえば。

休み時間。トイレから自分の席に戻るときに黒板の前を通ったので、わたしはチョーク入れを覗いてみた。最近覗いていなかったと、ふと思い出したのだ。

見れば、赤のチョークが半分ほどの長さになっていて、しかもその一本しか見当らない。わたしは窓際に設置された戸棚のほうへ歩いていくと、中から新しい赤のチョークを一本引き抜いた。それをチョーク入れに足して、あらためて自分の席へ戻ろうとしたとき、

「すごいね、椎野さん」

ふいに真後ろからそんな声がして、びくっと肩を揺らしてしまった。

驚いて振り向くと、樋渡くんが感心したような顔で立っていて、

「いつもそれ、してるの？」

「へ」

「チョークの補充」

黒板のほうを指さしながら、樋渡くんが言う。

「あ、う、うん」そのびっくりしたような声色に、わたしはちょっとはにかみながら指先で頬を掻くと、

「いちおう、気づいたときには」

「すごいな。俺、今まで一回も気にしたこともなかった」

「そんな、たいしたことじゃないよ、ぜんぜん」

本気で感心したように樋渡くんが言うので、わたしは笑いながら顔の前で手を振る。

むしろこれぐらいしかできないから、わたしはやっているだけだ。

始めたのは、小学四年生の頃だった。そのときから校内の委員会活動が始まったのだけれど、わたしは体調のせいでどの活動にも参加できずにいた。それはつまり、ひとりだけなにもクラスの役に立てていないということで、気になったわたしは、普段の生活の中でなにかできることはないかと探すようになった。

そこで見つけた仕事が、チョークの補充だった。

授業中、短いチョークしかないときは、先生が授業を止めて新しいチョークを取りにいっている姿を、しばしば見ていたから。その手間がなくなれば、先生も少しは助かるかもしれない。そう思って、ときどきチョーク入れを覗き、足りないチョークを補充するようにした。

もちろん、みんながしている委員会活動に比べれば、ぜんぜんたいしたことではないのはわかっていた。毎日するわけでもないし、ほんの数秒で終わる作業だ。

それでも先生がたまに、「最近はいつもチョークがそろっていていいな」なんて独り言みたいに呟くのを聞いたら、うっかり口元がゆるんでしまうぐらいうれしかったし、わたしでも少しは役に立てているんだ、なんて思えて。そうして続けているうちに、気づけばそれはわたしの習慣みたいに染みついて、中学校でも高校でも、当たり前のようにチョーク入れを覗くようになっていた。

本当に、ただそれだけのことなのに、

「いや、すごいよ。そういうのに気づくのがすごいと思う」

樋渡くんは力を込めてそんなことを言ってくれるので、なんだか胸の奥がむずむずしてくる。まっすぐに見つめてくる視線もくすぐったくて、わたしは顔が少し熱くなるのを感じながら、

「ほんとにたいしたことじゃないよ。たまーに、気づいたときとか気が向いたときにしてるだけで。ほら、わたし、これぐらいしかできる仕事ないし……」

早口にそう言って苦笑してみせれば、樋渡くんはふと真顔になってわたしを見た。

そうして一瞬だけ、なにかを考えるような間を置いたあとで、

「椎野さんって」

「うん？」

「なにも部活とか入ってないんだっけ」

「え？　あ、うん。なにも」

唐突な質問に、わたしはきょとんとして頷く。樋渡くんはやけに真剣な顔でわたし

を見据えたまま、「じゃあさ」と続けた。

「生徒会、興味ある？」

「……へ」

思いがけない単語に、わたしは驚いて樋渡くんの顔を見た。

訊き返したかったけれど、ちょうどそのとき始業を告げるチャイムが鳴った。間を置かず教室の前方の戸が開き、先生が入ってくる。わたしたちはあわててそれぞれの席に戻ることになり、その話はそこで途切れた。


そのせいで、次の授業、わたしはほとんど上の空だった。集中しようとしても、樋渡くんの口にした単語が何度となく頭を巡って、邪魔をした。

ずっと気になって仕方がなかった話の続きができたのは、その授業が終わった次の休み時間。

終わるなり、樋渡くんはわたしの席までやってくると、

「さっきの話だけど」

空いていた前の席にこちらを向いて座りながら、前置きもなしにそう口火を切った。

「椎野さん、生徒会に入る気とかない？」

「生徒会……」

「うん」

樋渡くんの表情も口調も、真剣だった。それだけで彼が本気で言ってくれているのだということはわかって、鼓動がゆるやかに速度を速めていく。

「椎野さん、向いてると思うんだよね」

わたしが黙っているあいだに、樋渡くんが穏やかな、だけど真面目な声で続ける。

——生徒会。

さっきの授業中も、何度となく頭の中で繰り返していた単語。

もちろん中学校にも生徒会はあった。だけど所属しているのは、しっかりしていて頭も良い、いかにも〝できる子〟という生徒ばかりだったから、わたしなんて入りたいという意識すら、一度も持ったことはなかった。わたしにはあまりに遠すぎて、関係がない、別世界のようなものだと感じていた。

だから樋渡くんが向けてくれた言葉は、にわかには信じがたかった。

まさか、と思ってしまう。わたしなんかが生徒会なんて。力不足にもほどがある。ぜったいに他にもっと、ふさわしい人がいる、って。

——だけど。

「え、っと……あの」

わたしの心臓はどうしようもなく、ドキドキと高鳴っていた。全身に力がこもり、背筋が伸びる。

「ほんとに？　わたしが？」

「うん」

「できる、のかな。わたしでも」

「できるよ」

樋渡くんが即答してくれて、また心臓がどくんと跳ねる。

「あの、でも」膝の上に置いていた両手を、わたしは思わずぎゅっと握りしめながら、

「わたし、頭悪いし、体力もなくて」

「そんなことないでしょ」

あいかわらず即座に否定してくれる樋渡くんの言葉は迷いがなくて、そのことにわたしの胸は熱くなる。

そしてわたしは、樋渡くんならこう言ってくれることを、もうわかっていた気がする。その言葉を聞いて、背中を押してほしいと思っていることを。

「チョークの補充とか、そういう細かいところに気づいて動けるのすごいと思うし。このまえは持久走だってできてたんだし、体力もないなんてことないよ。椎野さんが生徒会に入ってくれたら、俺はうれしいけど」

まっすぐにわたしの目を見つめたまま、樋渡くんはためらいもなく言い切ってみせ

る。

途端、わたしは急速に頬に血がのぼっていくのを感じた。首筋に触れると、自分でもはっきりとわかるぐらいに熱かった。

彼が力を込めて並べてくれた褒め言葉よりも、最後にさらりと付け加えられた、『俺はうれしい』の威力がすごくて。

体育の時間に話して以来、わたしにとって樋渡くんは、少しだけ特別な存在だった。

樋渡くんの病気のことを知ったからか、樋渡くんだけが、持久走をやりたいというわたしを信じて応援してくれたからか。あの日以来、わたしは樋渡くんに対して、一方的な親近感のようなものを抱くようになった。

だけどそれだけで、わたしも樋渡くんにとって少し特別な存在になれた、なんて自惚れたことは思わなかった。

クラスでの樋渡くんは誰にでも優しかったし、友だちも多かった。もともとよく気がつく人みたいで、困っている人がいたらさり気なく声をかけたりしている姿もよく見かけた。だからなにも、あの日のわたしが特別扱いをしてもらったわけではないということは、すぐに理解した。ただそういう、素敵な人なんだって。

――だからこそ、今、向けられている言葉が鮮烈だった。

思わず言葉に詰まって、え、とか、あ、とか、意味のない声をこぼしていたわたし

に、

「まあ、こんな急に誘われても困るよね。ごめん」

困らせていると思ったのか、樋渡くんはふいにそう言って苦笑すると、

「とりあえず、一回ゆっくり考えてみてくれるとうれしいな。もちろん椎野さんにその気がないならぜんぜん……」

「入りたい！」

樋渡くんが話を切り上げかけるのがわかったとき、わたしは声を上げていた。

考えるより先に、気づけば口からこぼれていた。

そして口に出したあとで、自分が心の底からそう思っていることを、自覚した。最初に樋渡くんが、わたしに生徒会という単語を向けてくれたあの瞬間から。たぶんわたしの気持ちは、もうとっくに決まっていたことを。

「え、あ……ほんとに？」

わたしの声の大きさにびっくりしたように、何度かまばたきをしてから、樋渡くんがゆっくりと訊き返してくる。

「うん！」わたしは勢いこんで頷くと、軽く樋渡くんのほうへ身を乗り出しながら、

「どうやったら入れるのかな？　今すぐに入れるの？　なにか書類とか」

「あ、ちょっと待って」

わたしの勢いに気圧されたように樋渡くんが少し身を引くのを見て、わたしははっと我に返った。

「あっ、ご、ごめんね」あわてて謝りながら、すごすごと椅子に座り直す。

そこで急に冷静になった頭には、ふと、ある不安もよぎって、

「……あ、でも」

「ん？」

「その前に、入っていいか訊いてみなきゃ。お母さんとか」

かんちゃんに、とはさすがに口に出せなくて、心の中でだけ続けると、

「え、なんで？」

樋渡くんはきょとんとした顔で訊き返してきた。心の底から不思議そうな調子だった。

「入るのに許可がいるの？　なんか家庭の事情で？」

「ううん、わたしの身体のことで……」

――七海には無理だろ。

中学で部活に入りたいと言ったわたしに、かんちゃんが間髪入れずに返した言葉が、ふいに耳の奥で響いた。

今度は部活ではなく生徒会だけれど、かんちゃんはまた、同じように言うだろうか。

わたしには無理だって。わたしはわたしにできることだけ、やればいいんだ、って。

かんちゃんに、そう言われたら。

わたしはまた、諦めるのだろうか。

……嫌だ。

ふいに強くそんな思いが湧いて、わたしは拳を握りしめた。手のひらに爪が食い込み、ぴりっとした痛みが走る。

「でも椎野さんは、入りたいんでしょ？」

まるでそんなわたしの気持ちを見透かしたみたいに、樋渡くんが訊いてくる。

顔を上げると、さっきと同じ、ひどくまっすぐな目が、わたしを見ていた。

その目に見つめられると、わたしはなんだか嘘がつけない。胸の奥のほうで生まれた熱がいっきに喉まで込み上げてきて、声になってこぼれる。そして口に出すとよりいっそう、その熱はふくらんで、

「……入り、たい」

「すごく。入りたい、わたし。頑張ってみたい」

「じゃあ、入ろうよ」

樋渡くんの答えはいつもあっさりとしていて迷いがなくて、そのことに、わたしの胸のつかえも押し流されていく。

「椎野さんが入りたいって思ってるなら、それだけでいいと思うよ」

　わたしは一度ゆっくりと息を吐いて、樋渡くんの顔を見た。

　そうしてわたしもその目をまっすぐに見つめ返しながら、ほんの少し緊張に掠れる声で、頷いた。


　生徒会室は、北校舎の三階にあった。

　中央に大きな長机が置かれていて、そこに生徒会役員のみんなが座っている。

　役員はぜんぶで十五人いると聞いていたけれど、今この場にいるのは十人ほどだった。今日はわたしの紹介をするからできるだけ全員に集まってもらうと顧問の先生は言っていたけれど、たぶん来られなかった人もいるのだろう。

　教室の奥に設置されたホワイトボードの前に、机に座るみんなのほうを向いて立つ。

　その中には樋渡くんもいて、わたしと目が合うと、「頑張れ」と口パクで言ってくれた。それに少し緊張が和(やわ)らぐのを感じながら、わたしはすっと息を吸う。

「はじめまして、椎野七海といいます。一年です。今日から生徒会執行部に入ることになりました。頑張りますので、どうぞよろしくお願いします」

　昨日から何度も練習してきた挨拶(あいさつ)を、どうにかつかえず言い切ることができた。

そこでいったん言葉を切ったので、挨拶はそれで終わりだと思われたのだろう。ぱちぱちと拍手が起こる。だけどわたしには、まだここで言っておかなければならないことがあった。「あの」とさえぎるようにわたしが声を上げれば、怪訝そうに拍手が止む。

「すみません」とわたしは早口に謝ってから、

「わたし、その、あんまり体力がなくて……活動に参加できない日とか、あるかもしれません。もしかしたら、急に休んで、皆さんにご迷惑をおかけすることもあるかもしれなくて。そのときは、ごめんなさい。でも、あの、できるだけ休まずに、ご迷惑にならないように頑張りたいって思ってるので」

「え、大丈夫だよー、そんなの」

しだいに声が小さくなりながらまくし立てていたわたしの言葉を、ふとそんな声がさえぎった。目をやると、机のいちばん前に座っていた女の子が、ちょっと困ったような笑顔でこちらを見ていた。

長い髪を後ろでひとつに束ねた彼女は、軽く首を傾げて、

「活動に参加できない日なんて、みんなあるもん。風邪ひいたり急用入ったりして、私も急に休むことあるし」

「うんうん」とその子の隣にいたショートボブの女の子も頷いて、

「お互い様だよね。あたしたちもそんなきっちりやってるわけじゃないし、気にしなくていいよ。ていうか、気にしないで。あたしも気にせず休むから」

そう言って、ひらひらと顔の前で手を振る彼女の笑顔を、わたしは驚いて見つめた。

──お互い様。

彼女が口にしたその言葉を反芻(はんすう)しているうちに、あらためて拍手が起こった。わたしははっと我に返って頭を下げる。それから、「よろしくお願いします」と、もう一度大きな声で繰り返しておいた。


校舎を出ると、あたりは薄暗かった。六時を過ぎた空は、夕焼けの端に少しずつ藍色がにじみかけている。

思えばこんな時間まで学校にいるのは、はじめてのことだった。なんだか新鮮に感じる空の色を、わたしが目を細めてじっと見上げていると、

「どうでしたか、生徒会初日は」

隣を歩く樋渡くんからそんな質問を向けられて、わたしは彼のほうを見た。自然に顔がほころぶのを感じながら、全力で答えを返す。

「楽しかった！」

初日の今日したことといえば、先輩たちから今後の仕事内容を教えてもらったり、

備品の整理を手伝ったりといったことぐらい。けれど、最初から最後までわたしの気持ちは浮き立っていた。

基本的に行事前以外はそれほど忙しくないらしく、しばらくは定期的に地域のボランティア活動に参加したり、朝の挨拶運動を行ったりするという。最初はそんな感じだからつまらないと思うけど、と先輩にはなんだか申し訳なさそうに言われたけれど、わたしはそんな予定を聞いているだけで、どうしようもなく胸が高鳴った。

なにより生徒会という組織の一員になれたのだと、そう実感できたことがうれしかった。

「これからの活動も、すごく楽しそうだよね。挨拶運動とか来月のゴミ拾いとかも、すっごい楽しみ！」

浮き立つ気持ちを抑えきれずにわたしが弾む声で続ければ、樋渡くんはなんだか眩しそうに目を細めて、

「やっぱり椎野さん、生徒会向いてるよ」

「え、そうかな」

「うん。誘ってよかった」

うれしそうに樋渡くんが呟くので、わたしはうつむいて照れ笑いをこぼした。

校門に続く坂道を、樋渡くんと並んで下りていく。

今日はじめて見た生徒会役員としての樋渡くんは、今まで見ていたクラスメイトの樋渡くんとは、少し違った。先輩たちとも対等に話していたり、わたしが困っていたらすぐに気づいて声をかけてくれたり、なんだかすごく頼もしくて、大人っぽく見えた。

実際に先輩たちからも頼りにされているようで、一年生ながら書記(しょき)を務めていると聞いた。そのためただの庶務(しょむ)であるわたしとは、仕事の量も違うらしい。

樋渡くんといっしょに帰るのは、はじめてだった。今日はなんとなく流れでいっしょに帰ることになったけれど、もしかしてこれからも、生徒会の活動がある日は樋渡くんといっしょに帰れるのだろうか。わたしは電車通学で樋渡くんは徒歩通学らしいから、いっしょに歩けるのは駅までの数分だけど、それでも。

――もしそうなるなら、うれしい。

「そういえば椎野さん、帰る前、柴崎(しばさき)先輩になんか渡されてなかった?」

「あ、うん! なんかね、生徒会新聞に新しく入った人の挨拶を載せるんだって。だからわたしにも、書いてって」

「なるほど。そういえば俺も書いたな、このまえ」

挨拶のときに声をかけてくれた女の子のうち、長い髪を後ろで束ねていたのが柴崎先輩だった。三年生で、副会長を務めているという。ショートボブの女の子のほうは、会計の矢田先輩。挨拶のあと、わたしがふたりのもとへお礼を言いにいったら、そう自己紹介をしてくれた。

「柴崎先輩も矢田先輩も、いい人だよね」

そのときのことを思い出して、わたしがしみじみと呟けば、

「うん、いい人。俺も入ってからずっと、すごいお世話になってる」

「樋渡くんは、入学してすぐに入ったんだっけ」

「そうだよ。中学でも入ってて楽しかったから、高校でもすぐ入ろうって決めてて」

「そっかあ、中学でも」

納得して相槌を打ってから、わたしはふと、訊いていなかったことを思い出した。

「そういえば樋渡くん、中学はどこだったの？」

「日野南」

「えっ⁉　日野南なら、理沙ちゃんといっしょなんだ！」

思いがけない校名が出てきて、わたしはついうれしくなって声を上げる。

ということはつまり、理沙ちゃんは中学時代の樋渡くんを知っているということで。こんな近くにつながりがあったとは思わなかった。さっそく今度、理沙ちゃんにいろいろ聞いてみなければ。

そんなことに思いを巡らせ、わたしがわくわくと胸をふくらませていると、

「あー、でも……」

樋渡くんはふと困ったような顔になって、言いにくそうに口を開いた。

「嶋田さんは、知らないんじゃないかな。俺のこと」

「え、なんで?」

嶋田さんというのは理沙ちゃんの名字で、わたしがきょとんとして訊き返せば、

「俺と嶋田さん、学年違うから」

「……へ?」

「俺、高校入学前に一年浪人してるんだよ。だから今同じ学年のみんなより、歳はいっこ上なんだ」

わたしはしばしぽかんとして、樋渡くんの横顔を眺めてしまった。

言葉の意味をのみこむのに、少し時間がかかった。

なんで、と訊ねかけて思い出したのは、体育の授業中に樋渡くんから聞いた話だった。去年の夏に心臓の手術をしたこと。そのせいで今も、走ることを禁止されていること。

すぐに点と点がつながって、はっとした。

咄嗟になにを言えばいいのかわからずにいると、そんなわたしの困惑に気づいたみたいに、樋渡くんはこちらを向いて、ちょっと困ったように笑った。そうして申し訳

なさそうに眉尻を下げた笑顔で、

「黙っててごめんね。なんか、言うタイミングつかめなくて」

「あ、ううん！　そんな、ぜんぜんっ」

わたしはあわてて首を横に振る。

「あの」それから慎重に、言葉を選ぶようにして、

「このこと、他のみんなは知ってるの……？」

「何人かは知ってるよ。原田（はらだ）とか相澤（あいざわ）とか、仲良いやつには話した。でも、それぐらい。言ったほうがいいのかなとも思ってるけど、自分からこういう話、積極的にするのもなんか気が引けて。話したことで、変に気遣われるようになるのも嫌だし」

「そっか。……そうだよね」

樋渡くんのその気持ちは、わかる気がした。言えばきっと、どうしてもなにかが変わってしまうから。

「だから、椎野さん」わたしがまた次の言葉を選びかねていると、樋渡くんはなんとなく重たくなった空気を散らすように、

「知ったからって、明日からいきなり敬語になったりしないでね？」

「し、しないよ！」

思わず大声で否定してしまうと、樋渡くんはおかしそうに笑って、「よかった」と

言った。

その穏やかな笑顔に、ふいに胸の奥がつきんと痛んで、

「……あの」

「ん？」

「ありがとう。話してくれて」

気づけばこぼれていた言葉に、樋渡くんはわたしの顔を見た。

「……こちらこそ」

そうしてやわらかく目を細めると、

「ありがとう。生徒会、入ってくれて」

けっきょくお母さんやかんちゃんには、『入っていいか』と伺いを立てるのではなく、『入ることになった』という事後報告の形で、生徒会入りを伝えた。

行事前以外、活動は週に二、三日ほどでそれほど忙しくないこと。生徒会執行部の中にもさらに役職があり、わたしはなんの役職にもついていないただの庶務のため、振り分けられている仕事も少ないこと。活動を急に休むことに対してもみんな寛容で、ぜんぜん無理をする必要はないこと。

——などの、生徒会がたいしてきついものではない、ということを殊更強調した伝え方をしたためか、お母さんは案外渋い顔をすることもなく、了承してくれた。

『ぜったいに体調と相談しながら、無理はしない』ということだけは、何度も釘を刺した上で。

「大丈夫なのか、本当に」

かんちゃんのときは、軽くしかめっ面になった彼に何度もそう訊かれたけれど、

「大丈夫。本当にね、イメージしてたよりぜんぜん忙しくないんだ。部活とかけ持ちしてる人だっているぐらいだし。それにわたし、あらかじめ伝えてるの。体力があんまりなくて、活動に参加できない日もあるかもって。それでもいいって、言ってもらってるから」

力を込めて説明していると、かんちゃんも渋々といった様子で頷いて、

「じゃあ、ぜったい無理はするなよ。ちゃんと、無理そうな日は休めよ」

「うん、わかってる。バンバン休むつもり！」

もちろんそんなつもりはなかったけれど、とにかく今は安心してほしくて、わたしは力いっぱいに頷いてみせる。

するとかんちゃんは、少しだけ表情をゆるめて、

「まあ、中学のときもいたしな」

「ん？　なにが？」

「生徒会とか部活とか、名前だけ在籍してて、活動にはほとんど参加してないってやつ」

言葉の意味を理解したとき、一瞬、頬が強張るのを感じた。

もしかしてかんちゃんは、わたしもそうだと思っているのだろうか。生徒会には、ただ名前だけの在籍なのだと。

違う、と咄嗟に反論したくなったけれど、わたしは思い直してのみこんだ。

それならそれでいい。今はただ、かんちゃんに納得してもらえれば。もし今、かんちゃんが納得してくれなくて、わたしの生徒会入りを許さないと言われたとしても。

わたしはもう、それを諦めることなんて、ぜったいにできなくなっているのだから。

ここでかんちゃんと喧嘩(けんか)には、なりたくなかった。

だから代わりに、わたしはへらりとした笑みを口元に押し出して、

「……うん。そうでしょ」

だから大丈夫、とできるだけ明るい調子で頷いてみせた。

会話が途切れたところで、わたしは窓の外へ視線を飛ばす。一面に広がる川の水面が、朝陽を受けて輝いている。高校に入学して一ヵ月が経ち、この景色ももうすっか

り見慣れたなあ、とぼんやり思っていると、

「身体、大丈夫なのか」

　ふとかんちゃんに訊かれ、わたしは視線を戻した。「うん」と笑顔で頷く。

「大丈夫だよ。ほんとに、無理はしてないから」

「嫌なやつとかもいない？」

「生徒会に？」

「うん。活動休んだら嫌味言ってきそうなやつとか」

「まさか。いないよー、ぜんぜんいない」

　かんちゃんが真顔で向けてくれた心配に、わたしは笑いながら顔の前で手を振ると、

「いい人ばっかりだよ。先輩たちも一年生も、ほんとに」

「一年もけっこういるのか」

「うん、わりと。わたし入れて五人かな。おかげで友だちも増えたよ」

　ふうん、と呟いて、今度はかんちゃんが窓の外へ視線を飛ばす。その横顔がなんとなく素っ気なくて、わたしは続けかけた話をやめた。唇を結び、同じように窓の外を見た。

　かんちゃんは、いつもそうだった。わたしの体調とか勉強の遅れ具合とか、そういうのはすごく心配して訊いてくれるけれど、わたしの新しくできた友だちとかには、

あまり興味がないらしい。かんちゃんから突っこんで訊かれることはないし、たまにわたしが話そうとしても、こんなふうに素っ気ない相槌が返ってくることが多いので、けっきょく途中でやめてしまう。

だからわたしはまだ、理沙ちゃんのことも樋渡くんのことも、かんちゃんには話していない。話したいな、とはちょっと思っているけれど、かんちゃんに興味のない話を聞かせるのは気が引けた。

そしてわたしも、かんちゃんから、新しくできた友だちの話なんかを聞いたことはない。正直気になってはいるけれど、かんちゃんが訊いてこないことを、わたしが訊くことはできずにいた。かんちゃんにとってはきっと、お互いに〝関係のないこと〟なのだろうから。

「……あ、そうだ、かんちゃん」

そこでふと、わたしはかんちゃんに伝えなければならなかったことを思い出して、

「来週からね、生徒会で挨拶運動が始まるんだって。それでしばらくは、朝、もう一本早い電車で行くことになると思うから。わたし、先に行ってるね」

「そっか。わかった」

最近は、帰りの時間もかんちゃんとはほとんど合わなくなっていた。

かんちゃんは高校でもサッカー部に入った。たいして強豪でもないうちの高校の

サッカー部は、中学に比べると熱心さは低いらしく、ゆるく活動しているのだとかんちゃんは言っていた。練習も放課後だけで、朝練まではやっていないという。

だから朝だけは、変わらず今もいっしょに登校できていたけれど、わたしの生徒会活動が始まることで、今後はそれも難しくなりそうだった。サッカー部とは反対に、生徒会は朝の活動が多い。

……あんまり、かんちゃんと話せなくなるな。

そうぼんやりと考えたとき、ふいに、わたしはものすごく悲しい気持ちに襲われた。かんちゃんと話せなくなることについてではない。そのことを、胸の片隅でどこかほっとしている自分に、気づいてしまったから。


「わっ、七海ちゃんの字めっちゃきれいじゃん！」

生徒会新聞用の挨拶文を、「これで大丈夫ですか」と柴崎先輩に見せにいったときのことだった。

柴崎先輩はわたしの書いた文を見るなり、驚いたように声を上げて、

「え、もしかして七海ちゃんて、習字とか習ってた人？」

「あ、はい。小学校のときにちょこっとだけ……」

小学二年生の頃、周りの友だちがバレエとかスイミングとかの習いごとを始めたのがうらやましくて、わたしも習いたい、とお母さんに駄々をこねたことがあった。けれどバレエやスイミングはわたしにはとても無理だと判断され、代わりに、これならできるかも、ということで習字教室に通うことになったのだ。

わたしの習いたかったものとはだいぶ違ったけれど、始めてみると習字もけっこう楽しかった。集中して字を書いていると、一時間があっという間だった。続けているとちゃんと上達が目に見えたのも、手ごたえがあってうれしかった。

だけどそれも、長く続けることはできなかった。なにかあるたびしょっちゅう体調を崩していたわたしは、せっかく入会した習字教室も半分以上休んでばかりで、けっきょく一年も経たないうちにお母さんが、わたしにはこれも無理だと判断した。

『無理に習いごとなんてしなくても、七海はしっかり学校に通えているだけで充分よ』

と、お母さんはわたしの手をとって励ますように言った。

——それきり、わたしはなんの習いごともしていない。もう、なにか習いたいと言うこともなかった。言えなくなった。

「あー、やっぱり。ほんときれいだもんね。習ってた人の字って感じ」

正直『習っていた』と言っていいのかも微妙なぐらいの実績なのだけれど、柴崎先輩は納得したようにしみじみと呟くと、

「あっ、じゃああの看板、七海ちゃんに書いてもらおうかなあ」

「看板？」

「ほら、生徒会室の入り口の看板。もうボロボロでほとんど文字も消えかかってるし、そろそろ作り直したいなってずっと思ってたんだよね」

いいこと思いついた、という感じで柴崎先輩が意気揚々と立ち上がる。そうして早足に教室を出ると、すぐに薄い木の板を持って戻ってきた。

「ほら、これ」と柴崎先輩が見せてくれたその板には、筆で大きく《北高生徒会室》と書かれている。よく見れば、たしかにだいぶ年季が入っていた。全体的に黒ずみ、文字は薄くなっている。

「ね、ボロいでしょ。七海ちゃん、これ新しく書いてくれない？」

「え、わ……わたしがですか？」

さらりと、軽い頼みごとぐらいの調子で柴崎先輩は言ってくるけれど、わたしはかなり気おくれしてしまった。だって生徒会室の入り口に設置される看板なんて。大きめだからなかなか目立つし、生徒会室に入るときには必ず目につく。そんな、いわば生徒会室の顔のようなものを。

「わたしなんかが書いて、いいんですか？　わたし、一年だし、入ったばっかりだし……」

おろおろしながらわたしが言うと、柴崎先輩は声を立てて笑った。

「そんなの関係ないって。大事なのは字のきれいさだけよ。今の生徒会役員の中じゃ、七海ちゃんがいちばん字きれいだもん」

「でもわたし、そこまで達筆じゃなくて。あの、習字習ってたって言っても、小学校の頃の本当にちょっとのあいだだけだし……」

「べつにそんな達筆じゃなくていいんだよ。ただの看板だし、きれいで読みやすければそれで」

そんなこんなで、机に座るわたしの前には今、細長い木の板と習字道具が並んでいる。

習字道具は柴崎先輩の私物だという。ボロボロの看板に気づいた柴崎先輩が、作り直すために持ってきたはいいものの、文字の書き手が見つからず、今までそのままになっていたらしい。

「生徒会役員って、ひとりぐらい書道経験者とかいるかと思ったけど、まあみごとにいなくてさ」

「ほんと、ひとりぐらいいそうなもんだけどね」

道具を準備しながらぼやく柴崎先輩に、向かい側で伝票整理をしている矢田先輩が笑いながら相槌を打って、

「よかったよね、七海ちゃんが入ってくれて」

「本当に。やっとこのボロボロの看板ともさよならだ」

隣で交わされる先輩たちの会話になんだかくすぐったくなりながら、わたしは柴崎先輩が準備してくれた筆を手に取る。筆先を墨汁に浸すと、なつかしい匂いが漂った。

そういえば好きだったなあ、この匂い。

ぼんやりと思い出しながら、何枚かもらった練習用の紙に試し書きをしていく。だいぶ久しぶりだったけれど、書いていると案外すぐに感覚を取り戻すことができた。

五回ほど同じ文字を書いてみて、ようやく自信が持てたところで、わたしは紙の代わりに木の板を手元に置く。

「大丈夫だよ、失敗しても。まだ何枚かあるし」

そこで急に緊張してきたわたしが深呼吸をしていると、横から柴崎先輩が優しく声をかけてくれた。

わたしは頷いて、最後にもう一度ゆっくりと息を吐いてから、筆を手に取る。

黒く濡らした筆先を板へ近づけると、背筋がすっと伸びる感覚がした。指先に心地よい緊張が宿る。

「おおー！」

今まででいちばんぐらい時間をかけて文字を書きあげ、そうっと筆を板から離したときだった。

向かい側からそんな歓声が飛んできて、顔を上げると、いつの間にか矢田先輩が伝票整理の手を止め、わたしの手元を覗きこんでいた。先輩はキラキラと目を輝かせ、身を乗り出して看板を見つめながら、

「すごーい！ めっちゃいいじゃん！」

「ほんと！ すっごいいい感じ！ ありがとう七海ちゃん！」

隣に座っていた柴崎先輩も声を上げ、うれしそうに手を叩く。そうしていきなり立ち上がったかと思うと、「ねえねえ！」と教室の奥で別の作業をしていた生徒会役員たちのほうを振り返り、手招きをした。

「ちょっと来て！ 七海ちゃんが新しい看板書いてくれたよ！」

「えっ、なになに見せてー」

「わ、すごい。めっちゃいいね！」

「ほんとだ、椎野さん字きれいだねえ」

柴崎先輩が呼んだことで、わたしの周りには軽く人だかりができた。わたしが今しがた書き上げた看板を覗きこみ、みんな、口々に賞賛の声を上げてくれる。

わたしはその中心で、どう反応すればいいのかもわからず、ただおろおろしていた。

「ありがとうございます」とか「そんなことないです」とか、早口に何度も繰り返しながら。

「ねえ、これから、字を書く仕事は七海ちゃんにお願いしたらいいんじゃない？」

そのうち、ひとりの先輩が思いついたようにそう言って、「あ、それいいねえ」と柴崎先輩もすぐに同意していた。

「生徒総会のときの板書とかね。今までなかなかきれいに書ける人いなかったもんね」

「そうそう。七海ちゃんが書いてくれたら、いい感じに決まりそう。字がきれいだとそれだけでかっこつくし」

「ね。ほんとよかったあ、七海ちゃん入ってくれて。ありがとうね」

言いながら、柴崎先輩がふいに笑顔でわたしのほうを振り返る。

え、とわたしが思わず声を漏らせば、

「生徒会、来てくれて」

やわらかく微笑んで、柴崎先輩はわたしに言った。

高い鼓動が、頭の裏に響いた。

まっすぐに胸に落ちたその言葉は、ぶわっと全身に熱を広げ、頬に勢いよく血をのぼらせる。一瞬、目の奥までつんと熱くなって、わたしはあわてて何度かまばたきをした。

よかった、とわたしも思った。心の底から。

生徒会に入ってよかった。

あの日、勇気を出して、よかった。

噛みしめながら、わたしは何気なく生徒会室を見渡す。そこでふと、柴崎先輩の肩越しに樋渡くんの姿を見つけた。彼もこちらを見ていて、目が合う。樋渡くんは笑っていた。やわらかな笑顔の横で、ぐっと親指を立ててみせてくれた。

なんとなく彼らしくないその仕草がおかしくて、わたしも笑う。そうしてつられるように、彼に向けて親指を立てていた。


「椎野さん、楽しそうだね」

「へっ、そ、そうかな？」

樋渡くんからふいにそんな言葉を向けられ、ちょっと恥ずかしくなる。曖昧に笑いながら、わたしは拾った空き缶をゴミ袋に放りこんだ。

そんなに顔に出ていただろうか。たしかに今日のことは、だいぶ前から楽しみでたまらなかったけれど。

なんといっても今日は、はじめての地域のゴミ拾いに参加する日だった。そしてそれは、はじめての、休日に行う生徒会活動でもあった。

朝、いつもと違うガラガラの電車に乗るときから、気持ちはものすごく浮き立っていた。鼓動が高鳴り、足元がふわふわした。今までなんの部活にも委員会にも入ったことがなかったわたしには、休日に学校へ行くなんてイベント自体、一度もなかったから。はじめての非日常に、どうしようもなく胸が躍って。

「あの、わたし、ゴミ拾いとか好きだから、それで……」

軍手をはめた手で道端に落ちていた空き缶を拾いながら、わたしはもごもごとそんな返答をする。休日に学校へ行けるのがうれしかった、なんて、正直に言うのはさすがにちょっと恥ずかしかった。そのうれしさの中には、樋渡くんに会える、ということに対するうれしさも、だいぶ含まれていたから。

だけど言ったあとで、ゴミ拾いが好きというのもなんだか変な返答だった気がして、すぐに後悔していると、

「たしかに椎野さん、教室でもよくゴミ拾いしてるもんね」

樋渡くんからは納得したようにそんな言葉が返ってきて、わたしはきょとんとしてしまった。

「え……よくしてるかな？」

「紙くずとかジュースのパックとか、落ちてたらぜったい拾ってゴミ箱に捨ててるで

しょ」

「そりゃあ、落ちてたら拾うけど……ふつうじゃないのかな、それ」

樋渡くんの言葉はなんだかぴんとこなくて、わたしは首を傾げる。

たしかに教室や廊下でゴミを見つけたら、必ず拾っているとは思う。だけどそんなのごく当たり前のことで、取り立てて『よくしている』と言われるほどのことではないと思った。むしろ、それで拾わない人なんているのかな。

不思議に思っていると、樋渡くんは腰をかがめてペットボトルを拾いながら、

「あと、掲示物が剥がれかかってるの見つけたりしたら、ぜったい貼り直してるよね」

「あ、うん。見つけたらいちおう、直すようにはしてる」

「教室の花瓶の水も、ときどき椎野さんが換えてるでしょ」

「うん。ほら、環境委員の子もときどき忘れちゃうみたいだから。気づいたときにはいちおう……」

「すごいよね、それ」

ふいにはっきりとした口調で樋渡くんが言って、え、とわたしは声をこぼす。

ペットボトルをゴミ袋に入れた樋渡くんは、わたしのほうを振り向いて、

「当たり前みたいにそういうのに気づいて、当たり前みたいにやってるのが、すごいと思う」

「そ……そう、かな」

「うん」

力を込めて頷いてから、樋渡くんはまた前を向き直る。思わずわたしは、その横顔をじっと見つめてしまった。

すごい。彼が向けてくれたその言葉を、胸の奥で反芻する。

チョークを補充するのも、掲示物を貼り直すのも、花瓶の水を換えるのも。小学校の頃からずっと、当たり前みたいに続けてきたことだった。なにも特別なことをしているつもりなんてなかった。みんなに迷惑をかけながら生活しているわたしは、せめてこれぐらいはしなければならない気がして、ずっと続けてきた。

だから誰かに気づいてほしいとか感謝してほしいとか、思ったことはなかった。そうされるほどたいしたことをしているとも思っていなかったし、人知れずひっそりと、ほんの少しでもみんなの役に立てているなら、それでいいと思っていた。

なのに。

樋渡くんの横顔を見つめながら、わたしはお腹(なか)のあたりに、じわっと温かいものが広がるのを感じた。

ほこほこと胸が鳴る。自分でも驚くぐらい、わたしはその言葉に、胸がいっぱいになる。

うれしかった。樋渡くんが気づいてくれたことも、すごいと言ってくれたことも。

鼓動が速まる。顔が熱くなっていくのを自覚して、わたしはあわてて隠すように下を向いた。そこで目についた紙コップに、おたおたと手を伸ばしながら、

「ひ、樋渡くんって」

「うん？」

「よく見てるね、わたしのこと」

なんとはなしに思ったことを口にしてしまったあとで、はっとした。失敗した、とすぐに思った。

『わたしのこと』じゃなくて、『みんなのこと』と言えばよかった。これじゃ自意識過剰もいいところだ。たぶん樋渡くんは周りのことによく気がつく人で、だからわたしのことも目に留まっただけで、べつにわたしだけをよく見ていたわけではないのに。

「あっ、いや、あの」急に恥ずかしくなって、上擦った声を上げながらわたしはあわてて顔を上げる。

「間違えた、そうじゃなくて――」

そうして発言を訂正しようとしたけれど、樋渡くんの顔を見た瞬間、言葉が詰まった。

樋渡くんもはっとしたように、軽く目を見張ってこちらを見ていたから。

「あ……ごめん」

わたしと目が合うと、樋渡くんは困ったように笑って足元に視線を落とす。

その頬が少し赤いように見えて、わたしの心臓はどくんと跳ねた。

予想した反応と違う。樋渡くんならいつもと同じやわらかな笑顔で、さらっと流してくれるかと思ったのに。

苦笑しながら、彼は赤くなった頬を指先で掻いて、

「たしかに見てたかも。ごめん、よく考えたらきもいね」

「えっ!?　なにが!?　ぜんぜんだよ！」

樋渡くんが思いがけないことを言い出したので、わたしはびっくりして声を上げる。

勢いあまってかなり大きな声になってしまった。声は向こうでゴミ拾いをしていた矢田先輩たちにまで届いたらしく、何人かが驚いたようにこちらを見る。

だけどかまっていられなかった。「きもくないよ、ぜんぜん！」今はとにかくその言葉を否定したくて、わたしは拳を握りしめ、力いっぱいに首を振ると、

「むしろうれしかったよ！　樋渡くんが見ててくれて、すっごいうれしかった、わたし！」

「え、あ……そっか」

樋渡くんはわたしの勢いに圧倒されたみたいに目を丸くしながらも、ふっと表情を

ゆるめて、

「じゃあよかった。てっきり引かれたかと」

「引かないよ！　引くわけないよ！」

「そっか。よかった」

「うん！」

引かない。引くわけない。

勢いにまかせて口にした言葉だったけれど、言ったあとで、わたしが本当に、心の底からそう思っていることに気づいた。

樋渡くんなら、引かない。きっとなにを言われても。

そう確信を持って思えることが、不思議だった。


「おー、やっぱり字がきれいだと様になるねぇ」

わたしの書いた校内美化活動のお知らせを見て、矢田先輩がしみじみと呟く。

わたしの字を見るたび、先輩は飽きることなく、そんなふうに褒めてくれる。

そして何度目だろうとわたしは慣れなくて、顔が熱くなるのを感じながら、「ありがとうございます」といつものように照れ笑いを返した。

あれから、お知らせとか案内とか、手書きの原稿を書く仕事があれば、本当にぜんぶわたしにまかせてもらえるようになった。

最初は先輩たちの考えた文章をわたしが清書するという形だったけれど、そのうち、文章の内容もわたしが考えるようになった。といっても、過去に先輩たちが作った文章を参考にして、細かい部分を変えるだけの簡単な作業だけれど。

それでも、まかせてもらえる仕事があるということに、わたしはどうしようもなく胸が震えた。もともと楽しかった生徒会活動が、より特別な時間になった。わたしの居場所を用意してもらえたように感じて、わたしもこの素敵な組織の一員なのだと胸を張りたいような、誇らしい気持ちになった。

「椎野さん、絵も上手いんですよ」

しばらくして、わたしがノートの隅に描いていた落書きを見つけた樋渡くんが、そんな情報を先輩たちに伝えたことにより、生徒会新聞にイラストを入れるという仕事もわたしのものになった。

「わー、これ助かる！」

試しにちょっと描いてみて、と言われて描いたネコのイラストを見て、柴崎先輩はうれしそうに顔をほころばせると、

「今までイラスト入れたいときは美術部の子に頼んでたんだけどさ、そんなしょっ

ちゅうは頼みにくかったから。身内に描ける子がいてくれるとありがたいよ」

　野球部の活躍を紹介する記事のところにバットとグローブを描いたり、毎月の行事予定のところにその月に合わせてカエルや短冊（たんざく）を描いたり。入れるのはそんなちょっとしたイラストぐらいだったけれど、「やっぱりイラストが入ると華やかになっていいね」と先輩はしきりに喜んでくれた。

「字もきれいだし絵も描けるとか、七海ちゃんって有能」

「ほんと。樋渡くん、いい子を勧誘してくれたよね」

　先輩たちがしみじみとそんな会話を交わすのも、それを受けて樋渡くんが「でしょ」と冗談ぽく誇らしげな顔をするのも、いつも、たまらなく胸がむずむずした。顔を上げていられなくなって、意味もなく机の木目を睨（にら）んでいた。

　小学校でほんの少し習っていただけの習字も、保育園の頃から好きでなんとなく描き続けていた絵も。ずっと、取るに足りない特技だと思っていた。こんなふうに誰かに喜ばれたり、褒められたりすることがあるなんて、思いもしなかった。

　だから、わたしの作った原稿を見てうれしそうな顔をしてくれる先輩たちを見るたび、胸がぐんと締めつけられる。じんわりと熱いものが喉元まで込み上げてきて、なんだか意味もなく叫びたくなる。

　わたしにもできることがあるんだって。誰かの役に立てるんだって。

そう思えたとき、大げさだけど、世界の色が変わっていくのを、たしかに感じた。

「生徒会、最近どう？　仕事増えてきたけど、きつくない？」

「ぜんぜん！　すっごい楽しいよ！」

生徒会の活動がある日は樋渡くんといっしょに下校するのも、自然と当たり前になっていた。そして生徒会活動と同じぐらい、その時間も、わたしにとってはかけがえのないものだった。

最初の頃は心配していた体調面も、案外どうにかなっている。少しでも違和感を覚えたら無理せず休む、ということを徹底していたためか、さいわい、生徒会の活動中に体調を崩したことはまだ一度もない。

休むときは毎回断腸(だんちょう)の思いだけれど、それよりも、無理をしたせいで体調を崩し、『やっぱり七海に生徒会は無理だった』とお母さんたちに判断されることのほうが、ずっと嫌だった。今更、生徒会を辞めることだけは、どうしても考えられなくなっていたから。

「けっこう土日にも活動あるんだね、生徒会って」

「ああ、うん。ボランティア活動とかは基本土日だから。ごめん、そのへんよく説明してなかったかも。びっくりした？」

「え、ううん！　どうせ土日暇だったから、むしろうれしい」

申し訳なさそうに樋渡くんが眉尻を下げたので、わたしはぶんぶんと首を横に振る。

本心だった。友だちとどこかへ遊びにいく、なんてことができないわたしの休日は、テレビを観たり本を読んだり絵を描いたり、そうやって単調に過ごすだけの時間だったから。土日に予定が入るというだけでうれしかったし、そのうえ地域の役に立つ活動ができて、さらには樋渡くんにも会えるなんて最高だった。灰色だった休日が、鮮やかに色づいたようだった。

「そっか。よかった」

わたしの返事に樋渡くんはほっとしたように笑うと、ふと眩しそうに空を仰いで、

「もうすぐ夏休みだね」

「うん」

早いなあ、と思いながら、わたしも相槌を打って空を見上げる。六時を過ぎても、七月の空はまだ明るい。西のほうでは夕焼けが赤く燃えている。

こんな一学期になるなんて、入学したときには想像もしなかった。

できるだけ周りの迷惑にならないよう、無理せず、できることだけをやっていこうって。あの頃は、そんなことだけを考えていたのに。

――七海ちゃんが入ってくれてよかった。

樋渡くんや先輩たちが向けてくれた笑顔と言葉が、何度となく頭の中でリフレインする。そのたび心臓がぎゅうっと抱きしめられたみたいに熱くなって、喉の奥に甘いものが広がる。

よかった、と、わたしも何度噛みしめるように思ったかわからない。

生徒会に入ってよかった。

わたしにもできることがあると、知れてよかった。

「夏休みも、生徒会の活動はあるの？」

「うん、何日かは。例によって地域のボランティア活動に参加したり、あとは十一月に文化祭があるから、ぼちぼちその準備も始まるんじゃないかな」

「え、そうなんだ。うれしい」

「うれしいんだ」

わたしがぽろっとこぼしていた言葉を、樋渡くんがおかしそうに拾う。

「うん」とわたしは力いっぱいに頷くと、

「そうしたら、夏休み中も会えるもんね」

うれしさに押されるまま、弾む声で口走ってしまったあとで、はっとした。

え、と樋渡くんが小さく声をこぼす。見ると、驚いたように目を見張った彼と目が合い、心臓が大きく脈打った。

自分がだいぶ正直すぎることを口にしたことに気づいたのは、そこでだった。

すごい勢いで顔に熱が上ってくる。あわてて口を開くと、動揺に思いきり上擦った声があふれた。

「みんなに！　生徒会のみんなに、会えるもんね！」

「あ、うん。そうだね」

余裕のない大声で訂正してしまったのは、よけいに良くなかったような気もした。顔どころか首筋や耳まで熱いし、たぶん今わたしは真っ赤だ。

わたしの焦りが伝わったのか、樋渡くんはそれについてなにか突っこんでくることはなかった。ただ、わたしの言葉に合わせるように頷いて、

「本当に生徒会の活動、好きなんだね」

そう言って、さり気なく話題を流してくれたのがわかった。

「う、うん！」だからわたしは勢いこんで大きく頷くと、

「好き。大好き！」

「……そっか」

無駄に大きな声で宣言してしまったわたしに、樋渡くんは小さく呟いて前を向き直る。そうしてなんとなくわたしから顔を背けるように、軽く反対側を向いて、

「──あっ、や、そのっ」

「椎野さんって」

「うん？」

「いや、なんていうか、ときどきびっくりする」

「えっ、なに、どこが？　なにが？」

うそ、どうしよう、引かれた。

はじめて見るぎこちない反応に、ぎょっとして訊き返したけれど、樋渡くんは答えてくれなかった。ただ少し困ったように笑って、めずらしく落ち着きのない仕草で自分の前髪に触れながら、

「夏休みもよろしくね。椎野さん」

「あ、う、うん！　よろしくね！」

最後までわたしから目線を逸らしていた樋渡くんの横顔は、夕陽に照らされた中でも、ほんのりと赤く見えた。


そうして始まったその年の夏休みは、今までの夏休みとはぜんぜん違った。

生徒会の活動があるといっても週に二日ほどだったけれど、その日を指折り楽しみに待っている時間すら、毎日楽しかった。

夏休みは平日と違って早い時間に集まるので、活動終わりにみんなで残っておしゃべりをする日もあった。地域のボランティア活動に参加したあと、何人かでファミレスに行ってご飯を食べたりもした。

「なんか、すごいなあ」

友だちと外でご飯を食べるなんて、わたしにははじめての経験だった。

そのことについ感慨深くなって、ドリンクバーでゆずジンジャーを注(そそ)ぎながら、わたしがしみじみと呟いてしまうと、

「なにが？　ドリンクバーが？」

ちょうど横にいた樋渡くんが、おかしそうに訊き返してきた。

「あ、や、ドリンクバーじゃなくて」変な呟きをしてしまったことに、わたしはおくれて恥ずかしくながら、

「こんなふうに、自分が友だちとファミレスに来てるのが。なんか、すごいなあって」

「今まで来たことなかったの？」

「うん、学校の友だちとは」

実はずっと、ひそかに憧れていた。中学の友だちからよく、部活終わりにみんなでファミレスやファストフード店に行ったという話を聞いていたから。なんとなく部活生の特権という感じがして、わたしにはきっと一生経験できないことなのだろうとも、

ぼんやり思っていた。

「たぶんこれからいっぱいあるよ、こういう機会」

「ほんと？」

「うん。生徒会、わりと休みの日にも活動多いし」

「わ……やったあ」

思わず弾んだ声を漏らしたわたしに、樋渡くんが笑う。そうしてウーロン茶を注いだコップを手に、テーブルのほうへ戻っていった。

少しおくれてわたしもゆずジンジャーを注ぎ終えたので、踵を返そうとしたとき、

「――え、七海？」

ふいに聞きなれた声に名前を呼ばれた。

驚いて振り向くと、かんちゃんがいた。

今しがた入店したところらしく、学校指定のジャージ姿で、肩には部活用のビニールバッグを提げている。隣には同じ格好の男子生徒もふたりいて、サッカー部の人たちだとわかった。

「あ……か、かんちゃん」

「なにしてんの、なんで制服？」

「あ、えっと、今日生徒会の活動だったから、それで」

思いがけない遭遇にちょっと動揺してしまいながら、ぎくしゃくと生徒会のみんなが集まるテーブルのほうを指さす。するとかんちゃんはそちらへ目をやり、ああ、と納得したように低く呟いてから、

「生徒会のやつらで来てんのか」

「う、うん。活動終わりに、みんなでご飯食べようって」

「休日の活動も参加してんだな」

ぼそっと呟かれた言葉に、なぜかバツが悪くなって、うん、と頷く声が小さくなる。べつに悪いことをしているわけではないのに。生徒会に入ることをかんちゃんに報告したとき、いっぱい休むつもりだと告げて安心させたことを、思い出してしまって。

「かんちゃんも部活だったの？」

なんとなく気まずくなった空気を散らしたくて、わたしはへらりと笑って話題を変えてみる。だけど、「うん」と短く頷いたかんちゃんは、まだ生徒会のみんなが集まるテーブルのほうへ視線を向けていた。

「今のって」そうしてどこか硬い表情のまま、ぼそりと口を開くと、

「誰？」

「え？」

「今さっき、七海が話してたやつ」

樋渡くんのこと？

訊き返そうとしたとき、「土屋ー」と奥のテーブルからかんちゃんを呼ぶ声がした。そこで会話は途切れた。声のしたほうへ目をやったかんちゃんは、短くそちらに応えてから、

「……いや、いいや。あんまり遅くならないように帰れよ」

それだけ告げて、テーブルのほうへ歩いていった。

思えば休日の生徒会活動中にかんちゃんと会ったのは、それがはじめてだった。

そのせいか妙に動揺が収まらないまま、わたしはしばしその場でかんちゃんの背中を見送っていた。樋渡くんのことを訊きかけたかんちゃんの表情が、やけに冷たく見えたことに、今更気づきながら。

はじめてみんなと行ったファミレスに興奮してしまったのか、その日の夜は久しぶりに熱が出た。だけどあいかわらず、そういうときの熱はぜんぜん苦しくなかった。布団の中で、その日の出来事を繰り返し思い出してにやけていた。

樋渡くんの食べていたドリアをおいしそうと言ったら、ひとくちくれたこと。今人気のゆるキャラの話題になったとき、『あれなんとなく椎野さんに似てるよね』と樋渡くんが言って、それを聞いた隣の子に『あー、かわいいからねぇ』なんてからかう

ように返された彼が、ちょっと焦った顔をしていたこと。

生徒会に入り、いっしょに過ごす時間が増えてから、今まで知らなかった樋渡くんの一面を見る機会が増えた。

クラスではどちらかというと控えめな印象だったけれど、意外と先輩にも物おじせず意見を言うような大胆さがあったり。ときどき友だちと子どもっぽい顔で大笑いしていたり。

そして彼のそんな姿を見るたび、内側から叩かれるみたいに胸が音を立て、喉の奥がつんと甘くなる。ぜんぶ目に焼きつけて、保存しておきたくなる。

夏休み中には一度だけ、樋渡くんとふたりで出かける機会もあった。

生徒会室の備品が足りなくなったので、一年生たちで買い出しに行こうとなったときだった。最初はみんなで行こうという話だったのだけれど、備品の買い出しに五人もいらないのでは、と誰かが言って、じゃんけんで負けたふたりが行くことになった。

それで負けたのが、わたしと樋渡くんだった。

決まった瞬間、わたしは思わずガッツポーズをしたくなったのを必死に堪えた。

「どんまい七海ちゃん」と笑って肩を叩いてくれた子に合わせるよう、「負けちゃったー」とあわてて残念そうな笑顔を作った。

樋渡くんとふたりで帰ったことならあるけれど、ふたりでお店に入るというのははじめてだった。場所は色気もなにもない近所のホームセンターとはいえ、並んで自動ドアをくぐるとき、胸が鳴った。預かってきたメモを手に、ふたりで店内を歩き回っているあいだも、なんだかずっと足元がそわそわした。

「矢田先輩に、置く虫よけも買ってきてって言われたけど、どんなのがいいんだろ」

「いい香りがするやつにしようよ。このフローラルのとか」

「生徒会室にフローラルの香りいる？」

「いらないか」

即答したわたしに、樋渡くんがおかしそうに笑う。その笑い方がなんだか校内で見るときよりリラックスして見えて、また胸が鳴る。そして何度となく、さっきのじゃんけんでグーを出したわたしを褒めたくなる。

場所はホームセンターだし、今買っているのなんて虫よけ用品だけど。

――だけど、なんか。

なんか、これって。

「やっぱり無難に無臭のやつがいいかな。匂いは苦手な人もいるかもだし」

「そっか。それもそうだ」

……デート、みたい。

いつもより近く感じる樋渡くんの横顔を眺めながら、ぼんやりと思う。

思ったあとで恥ずかしくなって、いやいやいや、とすぐに自分で打ち消したけれど。

ただの買い出しだし。ホームセンターだし。目の前にあるのは虫よけ用品だし。

「なんか買い出しって、意外と悩むね」

「たしかに。虫よけ選ぶだけでだいぶかかっちゃった」

「べつにたいしたものじゃないんだし、そこまで真剣に悩まなくてよかったかも」

「じゃあ次は、もっとちゃちゃっと選んじゃお」

なんて言いつつ移動したマスクコーナーでも、けっきょく枚数と値段を見比べ、いちばんお得なものをふたりで真剣に吟味した。

「やっぱこれじゃないかな。百三十枚で千六百二十円」

「いやこっち、百五十枚で千九百五十円だよ。こっちが安くない？」

「あ、そっか……いや、え、そう？」

「待って、計算してみる」

軽く眉を寄せながら樋渡くんがスマホを取り出す。そうして一枚あたりの値段を計算しはじめた彼の手元を、わたしも覗きこんだ。

「……あ、こっちだった。椎野さんの言った百三十枚のほう」

「ほら！　でしょー」

「すみませんでした」

どれがいいのかいっしょに考えたり、その途中、くだらないことで冗談ぽく言い合いをしたり。学校にいるときにはなかったそんな時間に、胸の奥のほうが甘く痺れる。

そしてまた、何度となく噛みしめる。

あのときグーを出して、本当によかった、なんて。


「うひゃあ、暑い」

冷房の効いていた店内から外に出ると、すぐにうだるような暑さにつかまった。

むっと顔を覆った熱気に、わたしが思わずげんなりした声を漏らしたら、

「椎野さん」

「うん？」

わたしの手から当たり前のように荷物を受け取りながら、樋渡くんがふと思いついたように口を開いた。

「アイス食べない？」

「へ」

「学校戻る前に。内緒で」

樋渡くんの顔を見ると、ちょっといたずらっぽく笑った彼と目が合う。

途端、ぶわっと心が浮き立った。頬に血がのぼる。たっ、といそいで口を開いたら、少し声がひっくり返った。

「食べる！」

思わず力いっぱい答えたわたしに、樋渡くんは「じゃあコンビニ行こう」と笑った。


「これ、バレたら怒られちゃうかな」

「まあいちおう、生徒会の活動中だからね」

近くにあった日陰のベンチに座って、いちご味のアイスキャンディを舐める。ほんのりと甘い冷たさが、心地よく喉に落ちていく。

隣に座る樋渡くんのアイスはソーダ味で、さわやかな青色が涼しげだった。

そっちもおいしそうだなあ、なんて思ったけれど、口には出さなかった。言ったら樋渡くんはまた、じゃあひとくちあげる、なんて当たり前みたいに言ってくれそうで。すでに食べかけのアイスでそれをされると、さすがにいろいろと、耐えきれなくなりそうだったから。

「でもまあ、この暑い中外に出たんだから。これぐらいは許してもらお。みんなはクーラーの効いた涼しい部屋の中だし」

「たしかに。それもそうだ」

樋渡くんのこういうところも、生徒会に入ってから知った一面だった。もっと真面目で、規則を破るなんてとんでもない、というタイプかと思っていたけれど、案外、誰かに迷惑をかけたりしない範囲なら、これぐらいの『悪いこと』はさらっとやる。

「でもいちおう、内緒にしといてね。椎野さんも」

「……うん」

そしてそういうときの、ちょっと子どもっぽい樋渡くんの笑顔を見るたび、わたしの胸はぎゅっとつかまれたみたいに甘く痛む。鼓動が高く、速くなる。

「内緒、ね」

自分の口にした言葉になんだか妙に喉が渇いて、わたしはアイスを舐めた。

薄いはずのいちご味が、なぜか、やたら甘ったるかった。


夏休み後半には、空いている時間でメイクの勉強なんかも始めてみた。生まれてはじめて、ファッション雑誌を買ったりもした。

恥ずかしながら、今までわたしはそういうのにまったく興味がなかったから、見つけたお母さんからは「急にどうしたの」と驚かれたりもした。

どうしたのかは、自分でもよくわからなかった。とくになにか予定があるというわけでもなかった。ただ、なぜだか無性に、やりたくなったのだ。

今までは長すぎるほどだと感じていた夏休みが、今年は驚くほどあっという間に終わり、そうして始まった二学期。

その初日だった。

——季節外れの転校生が、やってきた。

第四章　転校生

「坂下季帆さんっていうんだって。四組に来た転校生」

いちごミルクにストローを差しながら、理沙ちゃんが何気ない調子で教えてくれた。

「へー、坂下さん」

はじめて知ったその名前を、わたしは口の中で繰り返す。そうしてわたしも、手元のゆずレモンにストローを差した。

「七海ちゃん、見た？　転校生。たしかにかわいかったよ」

「え、そうなんだ。まだ見てない」

その日の教室は、四組にやってきた転校生の話題で持ち切りだった。

高校に転校生なんてめずらしいし、しかもかわいい女の子だったということで、とくに男子たちが騒いでいた。わざわざ四組まで見にいったり、さっそく突撃してきた人もいるみたいだった。「転校生めっちゃ塩対応だった……」と、クラスでもとくにお調子者の男子が、肩を落として帰ってきている姿を見かけた。

――かわいらしいというよりきれい系。茶髪でちょっと派手な感じ。うちの高校の近くにある、私立の女子校から転校してきた。男子への対応はかなり塩。

教室内では、転校生についてのそんな情報があちこちで飛び交っていて、まだ見てもいないその転校生のことを、わたしもなんとなく把握することができた。そしてなんとなく把握した情報だけで、わたしはきっとその子と仲良くはなれないんだろうな、ということも、すぐに察した。

そういう女の子は、同じようにおしゃれでメイクの上手い、垢抜けた女の子たち同士で仲良くするものだから。きっと、わたしとは違う世界の住人だ。

だから話しかけにいこうなんて考えにはまったく至らず、集めようとせずとも聞こえてくる転校生についての情報を、ただぼんやり拾っているだけだったけれど、

「まあでも、合同体育のときとか四組ともいっしょにやるかもだし、そのときには見れるもんね」

理沙ちゃんが思い出したように口にした言葉に、はっとした。

そういえばそうだ、と言われて思い当たる。体育の授業は他クラスと合同で行うことも多い。クラスが違うから関わりはないと思っていたけれど、そこで関わる機会はあるのか。

思い至ったとき、ふと胸の奥が波立った。

なぜか、本当になぜか、そこで樋渡くんの顔が浮かんで。

「……ね、理沙ちゃん」

「うん？」

「かわいいって、どれぐらいかわいかったのかな？　その、転校生って」

我ながら変な言い回しになってしまったことには、すぐに気づいた。

案の定、「へ？」と理沙ちゃんも目を丸くしていた。なにを訊かれたのかわからなかったみたいに。

「あ、い、いや、その」わたしは顔の前で意味もなく手を振りながら、おたおたと言葉を手繰ると、

「ほんとにその、芸能人みたいにかわいいのかな、とか……見たらぜったい、誰でも見惚れちゃうぐらいなのかな、とか」

「え、そんなに気になるなら、今から見にいく？」

「あ、いやっ、そんな、気になるってほどじゃなくて」

「ええ、なにそれ」

落ち着きなく手を振り回しながら口ごもるわたしに、理沙ちゃんは怪訝そうに眉を寄せる。

「ごめん、なんでもない！」

わたしはあわてて話を切り上げると、ごまかすようにストローに口をつけた。

わたし、なにを訊こうとしたんだろう。かわいい転校生が来て、その子といっしょに体育の授業をすることになって、それでなにを気にしたんだろう。

胸がざわつく理由がわからなくて、困惑しながらゆずレモンを飲んでいたとき、

「……あ、ひょっとして」

理沙ちゃんが、ふと思い当たったように声を上げた。

「七海ちゃん、心配してるの？」

「え？」

「樋渡くんのこと」

今度はわたしが、なにを訊かれたのかわからず、きょとんとする番だった。

「なにが？」

訊き返しながら理沙ちゃんの顔を見ると、いたずらっぽく目を細めた彼女と目が合う。

その瞬間だった。遅れて追いついた理解に、ぶわっと顔が一気に熱くなるのを感じた。

あ、と掠れた声がこぼれる。だけどなにも言葉が続かず、ただ口をぱくぱくさせていたら、

「や、でも、大丈夫だと思うよ」

そんなわたしを見てますます目を細めた理沙ちゃんが、楽しそうな声で続けた。

「たしかに転校生はきれいな子だったけど、ちょっと派手目だったし。樋渡くんのタイプではなさそうというか。樋渡くんってもっとこう、清楚でかわいらしい系が好きそうじゃない？　それこそ七海ちゃんみたいなさ。だから大丈夫なんじゃないかな、

うん」

「……そ、そう、かな」

「うん。大丈夫、大丈夫」

もう、ごまかしようもないほど顔が赤くなっているのはわかっていた。触れた首筋が、びっくりするぐらい熱い。だからわたしはうつむいて、もごもごとそれだけ返せば、理沙ちゃんからはそんな明るい声が返ってきた。

鼓動が速まり、高い音を立てる。

──認めたのは、はじめてだった。

理沙ちゃんは薄々勘づいていたようで、ときどき、からかうようなことを言われることはあったけれど。そのたび、わたしはいつも、はぐらかすように笑ってばかりだったから。

口に出して肯定したら、よりいっそう、その想いが鮮烈になるのを感じた。

「ていうか七海ちゃん、そんなに心配するぐらいなら、さっさと告白しちゃえばいいじゃん」

「へ⁉」

「付き合っちゃえば、かわいい転校生が来たぐらいでいちいち不安にならなくていいだろうし。ぜったい上手くいくと思うし、早く言っちゃいなよ」

顔は笑っていたけれど、どこか真面目なトーンで理沙ちゃんに言われ、わたしは顔を伏せる。そうしてゆずレモンのパックについた水滴を、意味もなく指先で拭いながら、

「今のままでもすごく楽しいし、充分というか……」

いっしょに生徒会活動をして、それが終わったら、他愛ない話をしながらいっしょに下校して。それだけで今、充分すぎるほど楽しい。なんの不満もないのに、それをあえてべつのものに変える必要なんて、感じられなかった。むしろ変えることで、今の幸せが少しでも壊れてしまうかもしれないと思うと、そのほうが怖かった。

「あのねえ、七海ちゃん」

だけどそう伝えれば、理沙ちゃんは盛大なため息をついて、

「じゃあもし、例のかわいい転校生が、樋渡くんに一目惚れでもしたらどうする？」

「え」

「それであの転校生が、樋渡くんにめちゃくちゃアプローチしてきたら？」

「えっ、やだ」

考えるより先に、ぽろっとそんな本音がすべり落ちていた。

想像するだけで、背中に冷たい汗が浮かぶような光景だった。

「……で、でも」

茶髪で美人な、垢抜けたかわいい女の子。その子が樋渡くんの隣で笑って、樋渡くんの目を見つめて、樋渡くんの手に触れて。そうしてそれに、樋渡くんが照れたように笑い返したりしていたら。

「嫌でしょ」

「うん」

強張った声で頷いたわたしを、理沙ちゃんは、なんだかいつまでも計算式が解けない子どもを見るような目で見て、

「だったら、今のままじゃ駄目ってことだよ」

「……そう、なのかな」

「そうだよ。だいたい、転校生がかわいかったって聞いただけで七海ちゃん、迷子になった子どもぐらい不安そうな顔してたよ。そんな不安になるぐらいなら、ぜったい、言っちゃったほうがいいって。後悔してからじゃ遅いんだから」

力強く言い切って、ぐっと拳を握ってみせた。

——理沙ちゃんのそんな言葉が、頭の隅に引っかかっていたせいだろうか。

「ちょっと卓くん、それ雑だってー」

向かい側から聞こえてきた高い声に、折り紙を折っていた手が思わず止まる。

顔を上げると、そこには同じ一年生である奈乃香ちゃんと樋渡くんが、並んで座っていた。

今日はみんなで、文化祭の飾りつけに使う折り紙の花を作っていた。

わたしより先に生徒会に入っていた奈乃香ちゃんは、樋渡くんともすごく仲が良かった。ときどきこんなふうに、ふたりで並んで座って、いっしょに作業をしていることもあった。

何度も見かけた、見慣れた光景のはずだった。なのに、奈乃香ちゃんが樋渡くんのほうへ顔を近づけるようにして、彼の手元を覗きこんでいるのを見た途端、わたしの心臓はどくんと跳ねた。息が詰まり、指先がすっと冷たくなった。

「卓くんってさ、手先とか器用そうに見えて意外と器用じゃないんだよねぇ」

樋渡くんが折った花をひとつ拾い上げ、奈乃香ちゃんはからかうように笑う。

「いや、奈乃香さんに言われたくないけど。これとかひどくない？」

それに対して樋渡くんも軽い調子で言い返しながら、だけど本気でむっとしたような様子はなく、顔は笑っている。

こんなやり取りも、しょっちゅう聞いたことがあった。気心が知れているからこその、遠慮のない軽口だった。

今までは聞き流せていたそんな軽口が、今日はなぜか、小骨みたいに気持ち悪く喉に刺さる。

——卓くん。

とくに奈乃香ちゃんの呼んだその名前が、妙にざらついた感触で、耳に残った。

奈乃香ちゃんは樋渡くんを、下の名前で呼ぶ。

それはべつに樋渡くんだけ特別というわけではなくて、男女問わず、奈乃香ちゃんはみんなを下の名前で呼んでいた。そういう子なのだと知っていたから、今までは気にしたことなんてなかった。奈乃香ちゃんがそうだからか、樋渡くんも奈乃香ちゃんのことだけは、下の名前で呼ぶことについても。

今までは本当に、なにも、気にしたことなんてなかったのに。

お腹のあたりが、動揺でざわめく。手のひらに汗がにじむ。

嫌だ、と思った。ふたりが下の名前で呼び合っていることも、隣同士で座っていることも、いっしょに笑い合っていることすらも。

そして一拍遅れて、そんなことを思っている自分のことも、心底嫌だと思った。

「いやいや、卓くんはさ、ギャップがあるから駄目なんだよ」

「ギャップ？」

「繊細そうな見た目してるから、手先も器用なんだろうなって思っちゃうのよ。それなのに実際はこれだから、びっくりするっていうか」

「なにそれ、理不尽な」

眉をひそめる樋渡くんに、あはは、と奈乃香ちゃんは高い声で笑う。そうしてごく自然な動作で、樋渡くんの腕を軽く叩いた。

それを目にした瞬間、ぎりっと胸が絞られたみたいに痛んで、気づけばわたしは立ち上がっていた。がたん、と椅子が音を立て、ふたりがちょっと驚いたようにこちらを見る。

「あ、ご……ごめんね」

驚かせてしまったことを、わたしは早口に謝ってから、

「あの、わたしちょっと、トイレ」

と告げて、なんだか逃げるように教室を出た。


廊下に出て窓の前に立ったわたしは、顔を伏せ、大きく息を吐いた。

目を閉じる。窓枠に置いた手は、いつの間にかぐっしょりと汗で濡れていた。

――じゃあもし、例のかわいい転校生が、樋渡くんに一目惚れでもしたらどうする？

昼休みに聞いた理沙ちゃんの言葉が、ふいに耳の奥によみがえってくる。

ざわざわと、胸の奥を虫のようなものが走り抜けていく感覚がした。

どうして今までは、平気だったのだろう。根拠もなく、大丈夫だと思えたのだろう。今はもうわからなかった。ぜったいに大丈夫だなんてそんなこと、ぜったいにありえなかったのに。

「椎野さん」

動揺を鎮めようと、わたしが深呼吸をしていたときだった。

ふいに後ろから名前を呼ばれ、驚いて振り向くと樋渡くんがいた。

心配そうに眉を寄せた彼は、軽く首を傾げて、

「大丈夫?」

「え」

「急に出ていくから。どうかした? 具合でも悪くなった?」

──心配して、追ってきてくれたんだ。

数秒遅れて思い至ったとき、胸がぎゅうっと苦しくなる。喉元まで込み上げた甘い熱に、息ができなくなる。

──嫌だ、と。

その瞬間、痛烈に思った。

奈乃香ちゃんにも、あの転校生にも誰にも。樋渡くんをとられるのは、嫌だ。

伝えたら、なにかが変わってしまうのかもしれない。今わたしたちのあいだにある

大事なものが、なにか、壊れてしまうのかもしれない。

だけど、だけどそれ以上に。

伝えなかったせいで手遅れになってしまうことのほうが、ずっとずっと嫌だ。想像するだけで叫びたくなるぐらいに。そのほうが、きっとわたしは一生後悔する。

それが、どうしようもなく、わかるから。

「……樋渡くん」

「ん？」

――言わなきゃ。

決意は、唐突に固まった。

胸を焼いた焦燥（しょうそう）に押されるまま、わたしは窓枠から手を放す。身体ごと樋渡くんのほうを向き直る。そうしてすっと短く息を吸い、その勢いのまま、声を乗せた。

「好きです」

樋渡くんが目を見張る。え、と小さく声をこぼす。

なにを言われたのかよくわからなかったようなその声に、わたしはあらためて樋渡くんの顔を見た。正面からまっすぐに彼の目を見つめ、ふたたび息を吸う。

「樋渡くんが、好きです」

繰り返した声は、情けないぐらい震えてしまった。

樋渡くんがもう一度、え、と声をこぼす。今度は動揺に、少し掠れた声を。

途端、遅れてわたしの心臓が暴れはじめる。耳元で鼓動が鳴り、全身が熱くなる。思わず握りしめた手のひらに、汗がにじむ。

それでも樋渡くんの目から、目は逸らさなかった。驚いたようにわたしを見つめる樋渡くんの目を、ただじっと見つめた。少しでもまっすぐにこの想いが伝われと、祈りながら。

先に目を逸らしたのは、樋渡くんだった。

ふっと顔を伏せた樋渡くんは、足元を見つめたまま額に手を当てる。そうしてその手で、前髪をくしゃりと軽く掻き上げながら、

「……椎野さんって」

「え」

「やっぱすごいな」

息を吐くように呟いた樋渡くんの口元には、小さく笑みが浮かんでいた。

なんだか少し困っているようにも見えたその笑みに、一瞬息が詰まる。いっきに込み上げた不安に、わたしがぎゅっとスカートの裾を握りしめたとき、

「俺が先に言いたかったのに」

「……え」

「俺も」

そこで軽く言葉を切った樋渡くんが、顔を上げる。そうしてまっすぐに、わたしの顔を見据えた。目が合った彼の目元は少し赤くて、それに思わず息が止まる。鼓動が、頭の裏に高く響いた。

「俺も、椎野さんが、好きです」

ゆっくりと言葉が継がれたつかの間、わたしの世界からは音が消えていた。

「――でもなんか、今までとべつに変わらないね」

告白のあと、「じゃあ、これからよろしくお願いします」「こちらこそお願いします」というぎこちないやり取りを交わしたことで、わたしたちの関係は変わった。友だちではなく、恋人同士になった。「そういうことでいいんだよね？」と何度もしつこく樋渡くんに確認したから、たぶんそれは間違いない。わたしたちは今しがた、たしかにお付き合いを始めた。わたしは樋渡くんの、彼女、になった。

だけどいつもと同じように帰路についたところで、わたしはふと、そんな言葉をこぼしてしまった。

そりゃ、付き合いはじめたからといって、いきなりなにもかもが劇的に変わるわけではないだろうけれど。それでもこうして並んで歩いているのは、昨日までの距離感と本当にまったく変わらなくて。

それをほんの少し寂しく感じてしまったのが、伝わったのかもしれない。

「じゃあ、変える？」

「へ」

ふいに樋渡くんがいたずらっぽく笑ったかと思うと、おもむろにわたしの手を握った。

突然すぎて一瞬、息が止まった。ぼんっ、と音がしたかと思うほど、一気に顔が熱くなる。

「え、え、うわ、え」思いきり混乱して間抜けな声を漏らすわたしにかまわず、樋渡くんはわたしの手を握ったまま、

「どうでしょうか、これ」

「へっ」

「なんか、恋人っぽいかなと」

心臓が、暴れ出したみたいにうるさかった。体温もぐんぐん上がっていくのがわかる。手のひらも熱いし、たぶん汗がにじんでしまっている。たまらなく恥ずかしかったけれど、それでも、離したいとはみじんも思わなかった。むしろこのままいつまでもつないでいたい。一生つないでいたい。

「う、ん。……最高です」

「よかったです」

前を向くとすでに視界に見えている駅舎を、こんなにも恨めしく思ったのははじめてだった。

どうして駅がこんなに近いのだろう。三分しかいっしょに歩けないのだろう。

そんなことが本気で悲しくて、なんだか泣きたい気分にまでなってしまって、樋渡くんの手を握る手にぐっと力をこめたとき、

「ねえ椎野さん」

「うん？」

「今から、まだ時間ある？」

え、と訊き返しながら樋渡くんのほうを見ると、やわらかく目を細めた彼と目が合った。見慣れた表情のはずなのに、その顔は昨日までよりずっと優しく見えて、その瞬間、唐突に実感が胸をついた。

ああ、わたしたち付き合ってるんだ、って。

噛みしめると同時に目眩がするほどの幸福が湧き上がってきて、目の奥が熱くなる。

視界が揺れる。

「……う、うん。ある。いっぱいある！」

「じゃあちょっと、寄り道していきませんか」

「うん！　する！」

興奮して子どもみたいな返事をしてしまったわたしに、樋渡くんが笑う。その笑顔もびっくりするほど優しくて、心臓が高く鳴る。

——よかった。

ふいに心の底から、そんな感慨が込み上げた。泣きたくなるぐらいの強さで。

「本当は」

いつもは別れる場所である駅を、はじめて樋渡くんと手をつないだまま素通りしたときだった。

樋渡くんがふと、呟くように口を開いた。

彼のほうを見ると、樋渡くんは眩しそうに目をすがめて夕陽に染まる通りを眺めながら、

「ずっと、こう言いたかった」

「え……」

「駅で別れるとき、いつも。もう少し、いっしょにいられたらいいのになって。ずっと、そう思ってた」

思わず息を詰めたわたしの手を、樋渡くんがさっきまでより少しだけ強い力で握っ

てくる。その力で、そのまま心臓まで握りしめられたみたいだった。息ができなくなって、ぐらりと頭の芯が揺れる。

よかった、と。もう一度、深く深く噛みしめる。

少し前まで、わざわざ付き合わなくても友だちのままでいい、なんて考えていた自分が、今はもう信じられなかった。

こんな、泣きたくなるほど途方もない幸せを知ってしまったら、もう。


『えー！　よかったね！　おめでとう！』

その日の夜、高揚にはちきれそうな胸を抑えきれなかったわたしは、理沙ちゃんに電話をかけた。

今日起こった出来事を報告すると、電話の向こうで、理沙ちゃんが黄色い歓声を上げてくれる。その声がとてもうれしそうで、わたしの胸もよりいっそう甘くふくらむのを感じた。「ありがとう」と弾む声で返した口元が、勝手にゆるんできてしまう。

『すごいね、七海ちゃん。自分から告白なんて。めっちゃ頑張ったねえ』

「うん。が、頑張っちゃった」

しみじみと感動した声で理沙ちゃんに言われ、スマホに当てた耳が熱くなる。

あのときはとにかく、言わなきゃ、という焼けるような焦燥に押されていて、無我夢中で言ってしまった感じだけれど。あらためて考えると、すごいことをしたなあ、なんて自分にびっくりしてしまう。

クラスメイトの男の子に、好きですと告げたなんて。なんだか嘘みたいだ。

わたしにそんなことをできる度胸があったなんて、知らなかった。

だけど嘘じゃない。夢でも妄想でもない。それを確認するために、わたしは帰宅してからもう何度スマホを開いたかわからない。帰りの電車に乗っているあいだに樋渡くんから届いた、《今日はありがとう。これからよろしくね》というメッセージを、そろそろ画面に穴が開きそうなぐらいに、繰り返し眺めている。

『じゃあこれで、もし例の転校生が樋渡くんに一目惚れしたとしても、大丈夫ってわけだね』

「そうだね」

理沙ちゃんの明るい声に、わたしも笑って頷く。

――そのときはもちろん、ただの例え話だとわかっていた。

だから深く考えることなんてなかった。ただ他愛ない世間話に相槌を打つみたいに、頷いただけだった。

そのときは、まだ。

かんちゃんには、翌日の朝、学校で顔を合わせたときに報告した。

本当は理沙ちゃんとの電話を切ったあと、かんちゃんにも電話をかけようかと迷ったのだけれど、そんなことをわざわざ電話してまで伝えるのは気が引けた。きっとかんちゃんは、わたしに彼氏ができただなんてこと、たいして興味もないだろうから。

メッセージを送ってもよかったのだけれど、それよりは直接顔を見て伝えようと思った。かんちゃんにとってはどうでもいいことかもしれないけれど、それでもわたしにとってかんちゃんは、小さな頃からずっとお世話になってきた人だから。せめて、報告ぐらいはきちんとしておきたかった。

案の定、伝えたときのかんちゃんの反応は、驚くでも喜ぶでもなく、たいへん素っ気ないものだったけれど。


樋渡くんと付き合いはじめたからといって、日常に大きな変化はなかった。

学校生活の中では、教室で樋渡くんと目が合う頻度が少し増えたとか、目が合ったときに樋渡くんが笑いかけてくれるようになったとか、それぐらい。それだけでも、叫びたいぐらいにうれしかったけれど。

あとは生徒会活動を終えていっしょに帰るとき、周りに人がいなければ手をつない

でくれるようになったことと、

「七海ごめん、おまたせ」

「あ、卓くん」

――お互いの呼び方が、変わったこと。

これは付き合いはじめてすぐに、わたしからお願いした。下の名前で呼んでほしい、と。それも、できれば呼び捨てで。

気にしていないと強がっていたけれど、本当は悔しくて仕方がなかったことを、わたしはそのときになって自覚した。奈乃香ちゃんと卓くんが、下の名前で呼び合っていること。付き合いはじめた途端、わたしのことは奈乃香ちゃんよりもっと親密な感じの呼び方をしてほしい、なんて、みっともなく張り合ってしまうほどに。

それでも、卓くんにその名前を呼ばれるたび、心臓がうるさいぐらい音を立てる。

頬に甘い熱が広がる。

「そういえば今日、このまえの模試の結果が張り出されてたね」

「あ、見た見た。かんちゃんがはじめて一位じゃなかったから、びっくりしちゃった」

「坂下さんだったっけ、四組に来た転校生。あの子だったよね、一位」

「そうそう、すごいよね」

軽い調子で相槌を打ったあとで、ふと自分の口にした言葉が耳に残る。

……そう、すごい。本当に。

二学期から四組にやってきた転校生は、かわいくて華やかな容姿をしているだけでなく、成績も優秀だということを今日知った。入学してからずっと学年トップを守ってきたかんちゃんを、最初の模試であっけなく抜き去るぐらいに。

美人でかわいいうえに、頭も良いなんて。本当に、わたしとは別世界にいる人なのだろう。もう仰ぎ見るしかない。

とくに集めようとしなくとも、坂下さんについての噂は、毎日いたるところから流れてきた。

転校してきたのは前の学校で恋愛関係のトラブルがあったからだとか、先生と付き合っていたのがバレたからだとか。

根も葉もない噂なのはわかっているけれど、だけど坂下さんなら、そういうことがあっても不思議ではないような気もしてしまう。たいして遠くもない学校に、こんな時期にわざわざ転校するなんて、きっとなにか事情はあったのだろうし。

「……坂下さん、って」

「ん？」

「ほんとに、すごいよね。かわいいし、おしゃれだし」

言いながら、わたしはつい探るように卓くんの横顔を盗み見てしまった。どんな言葉が返ってくるのか、ドキドキして。

んー、と卓くんはちょっと考えるように声を漏らす。そうしてとくに表情を動かすことなく、ただ斜め上あたりに視線を向けながら、

「実は俺、まだ坂下さんの顔ちゃんと見たことなくて。だからよくわかんないんだよね。遠目にはちょっと見たけど」

「え、あ、そうなの？」

返ってきた答えはだいぶ思いがけないもので、思わず素っ頓狂な声がこぼれる。

まだ見たことすらない、って。

「じゃあまだ、話したこともない？」

「うん、ない。話すような機会もないし」

「気に、ならない？　話してみたいな、とか……」

「え、うーん、あんまり」

つい突っ込んで訊ねてしまうと、卓くんはちょっと困ったように笑って、

「坂下さんみたいなタイプの女子って、なんか緊張するっていうか。ああいう子と友だちになったことないし、それにたぶん坂下さんのほうも、俺みたいなのとはあんまり話も合わないだろうし」

「そうかな」

首を傾げて相槌を打ちながら、その言葉をどうしようもなくうれしく思ってしまった自分に、気づいていた。口元が思わずゆるみそうになるぐらいに。安堵、してしまった。

卓くんは慎重に言葉を選んでいたけれど、要するに卓くんは、坂下さんみたいなタイプの女の子は少し苦手だということだ。話したことはないのなら、茶色く染めた髪とか短いスカートとか、彼女の派手な見た目が苦手なのだろう、きっと。

それをどうしても、よかった、と思ってしまう。他の女の子に対する否定的な意見を聞いて安心するなんて、浅ましいのはわかっているけれど。

それでも、うれしい。よかった。

――坂下さんが茶髪で、よかった。

そんな浅はかなことを思って、安心していたせいだろうか。

その翌日。

突然、坂下さんの髪が、黒くなっていた。

しかも、その翌日。

朝の下駄箱で、卓くんに声をかける坂下さんの姿を見た。

離れていたので声までは聞こえなかったけれど、坂下さんが後ろから卓くんの肩を叩いて、振り向いた卓くんに笑顔を向けていたのは、遠目にも見えた。

わたしが坂下さんの笑顔を見たのは、それがはじめてだった。

転校初日、突撃した男子が「塩対応だった」と評していたとおりに、坂下さんは基本的に愛想がなかった。わたしは話しかけたことがないので直接は知らないけれど、四組の友だちいわく、男子だけでなく女子に対しても、坂下さんの対応はものすごく素っ気ないらしい。誰とも仲良くする気はありません、という感じに、最初からシャッターを下ろしているみたいだと、その子は言っていた。

だけどその日見かけた坂下さんは、卓くんの前で笑っていた。にこにことした笑顔を絶やさず、卓くんになにかしきりにしゃべりかけていた。漏れ出る好意がはっきりと見えるぐらいの、距離の近さで。

わたしは唖然(あぜん)として、少し離れた位置からその光景を眺めていた。なにが起きているのか、よく理解できなかった。

いや、したくなかったのかもしれない。

その日から、坂下さんはときどき、休み時間にわたしたちのクラスを訪れるようになった。

毎回、他のクラスメイトには脇目もふらず、一直線に卓くんの席へ歩み寄る。そうして、

「すみません、樋渡くん。古文の教科書忘れちゃって。貸してもらえませんか？」

と、決まって卓くんからなにかの教科書や資料集を借りていった。

ぱん、と顔の前で手を合わせ、はにかむような笑顔でかわいらしく小首を傾げて。

「わかんないけど、なんか急に話しかけられるようになって」

突然の接近に不安になったわたしが、「坂下さんとなにかあったの？」とつい訊ねてしまったとき。卓くんのほうもだいぶ困惑している様子で、そんな答えを返した。

本気でわからない、という顔で首を捻りながら、

「何日か前に下駄箱でおはようって話しかけられて、それからちょくちょく話すようになって。べつにきっかけとかはとくになかったんだけど」

「なんで毎回、卓くんに教科書借りるのかな」

「まだ転校してきたばっかりで、他のクラスの知り合いが俺しかいないって言ってたよ」

卓くんの表情にも口調にも、やましいことを隠しているふうはなかった。まだ坂下さんに他クラスの知り合いが少ないというのも、たしかにそうだろうと思った。

だけど、それにしても。わたしはつい、思ってしまう。

頻度が高すぎないだろうか、って。

最近の坂下さんは、毎日一回は卓くんのもとを訪れている。用事は毎回忘れてきた教科書を借りることのようだけれど、いつもそのついでに軽く雑談もしている。いやべつに、そのこと自体はなにもおかしなことではないのだけれど。せっかく他クラスの友だちを訪ねたなら、話ぐらいはするものだろうし。

でも、と思う。そんなにしょっちゅう、教科書を忘れるものだろうか。ひょっとして本来の目的は教科書を借りることではなく、卓くんと話すことなのではないだろうか、なんて。底意地の悪い勘繰り(かんぐ)が、どうしても胸の片隅で見え隠れして、そんな自分も嫌になる。

「ねえ、坂下さんのあれ、なんなの?」

そしてその光景に思うところがあったのは、わたしだけではなかったらしい。

毎日のように卓くんのもとを訪れるようになった坂下さんのことは、すぐに噂になった。とくに女子たちのあいだで。なまじこれまでの坂下さんは誰に対しても塩対応だっただけに、眉をひそめている子も多かった。

「あれって、マジで樋渡くんのこと狙ってるのかな」

「もしそうならありえないでしょ。樋渡くん、七海ちゃんと付き合いはじめたばっかりだってのに」

「ほんと、デリカシーなさすぎ。七海ちゃん大丈夫？　なんか言ったほうがよくない？　言いにくいなら、あたしから坂下さんに言ってあげよっか」

今まであまり話したことのなかったクラスメイトまで、わたしにそんな心配を向けてくれるようになった。不快そうにしかめられた顔は、わたしが心配というより、ただとにかく坂下さんが気に食わないという感じだったけれど。

そうして声をかけられるたび、わたしは笑って首を横に振った。「大丈夫、気にしてないから」と。できるだけ、なんでもないことのように。

日が経つにつれ、しだいに坂下さんへの風当たりは強くなっていった。坂下さんが教室に入ってくるたび、あからさまに嫌な顔をしたり、陰口を叩くような人も出はじめた。

坂下さんもたぶん、気づいていたと思う。それでも彼女がやめることはなかった。卓くんのもとを訪れる頻度も、卓くんへ向ける愛想の良い笑顔も、なにも変わらなかった。周りの非難なんて、まったく気にならないように。

きっと、自信があるんだろうな。

涼しい顔をして今日も教室に入ってきた坂下さんを見ながら、わたしはぼんやりと思う。

そりゃあ、あれだけかわいくて頭も良いなら、自信もつくに違いない。きっとかんちゃんみたいに、小学校でも中学校でも〝できる子〟として生きてきたのだろう。周りに塩対応なのだって、自分に自信があるからいちいち媚びたりしないんだ。みんなに助けてもらわなければ生きていけないわたしとは違う。坂下さんは、一匹狼でも平気なんだ。だから周りの声に揺らぐことなく、ただ自分の気持ちに従って、自分の欲しいものに手を伸ばすことだってできるのだろう。

本当に、わたしとはぜんぜん違う世界の人だ。

あらためて実感すると同時に、ああ、だから、と腑に落ちる感覚があった。

——だから、奪えると思ったのかな。

自分なら、わたしみたいなポンコツな女から彼氏を奪うことぐらい、容易いって。

そう、思ったのかな。

「七海ちゃん、あの、大丈夫？」

卓くんに話しかける坂下さんを横目に見ながら、理沙ちゃんが声をかけてくる。

心配そうなその声に、わたしははっとした。もしかして、強張った顔をしてしまっていただろうか。駄目だ。あわてて笑顔を作り、「大丈夫だよ」と返す。できるだけ明るい声で。できるだけ、なんでもないことのように。

それでも理沙ちゃんは表情をゆるめることなく、眉尻を下げたまま、

「ごめんね、もしかして、あたしが変なこと言ったせいじゃないよね」

「変なこと？」

「ほら、坂下さんが樋渡くんに一目惚れでもしたらどうするの、とか……あたしがそんなこと言ったせいで、現実になっちゃったんじゃ」

本気で気にしたように理沙ちゃんが表情を強張らせているので、「まさか」とわたしは声を立てて笑った。

「そんなわけないよ、ぜったい。それに、もしそうだとしても、わたし気にしてないから大丈夫だよ」

「え？　気にしてないって」

「坂下さんがもし本当に、卓くんのこと好きなんだとしても。心配とかしてないから、ぜんぜん」

はっきりとした口調で言い切ってみせれば、理沙ちゃんは困惑した表情でまばたきをした。なにかわたしが変なことを言ったみたいに。

その反応がなぜか少し、嫌だと感じた。

もちろん、理沙ちゃんが純粋に心配してくれているのはわかっている。坂下さんに対して眉をひそめている、他の友だちも。わたしが坂下さんに、卓くんをとられるん

じゃないかって、そう心配してくれている。優しさだって、わかっている。

だけど今は、欲しくなかった。

心配なんて、いらない。だってわたしは、心配なんてしてない。したくない。不安になることすら、なにかを認めてしまうようで悔しいから。

「だってわたし、卓くんのこと信じてるもん」

「……七海ちゃん」

「だからぜんぜん大丈夫。なんにも気にしてないし、理沙ちゃんもそんな顔しないでね」

——そう、信じてる。どうせそれしかできないのだから。

わたしは全力で、卓くんを信じると決めた。

だから明るく笑って、ぽんぽんと理沙ちゃんの肩を叩けば、理沙ちゃんもようやく表情をほぐした。

それを見て、わたしも少しほっとする。窓際の席で話している卓くんと坂下さんのことは、頑なに視界から外しながら。

「七海、それ好きだよね」

「へ」

ふいに卓くんの声が耳を打って、ぼうっと考えごとをしていた意識が引き戻される。

振り向くと、卓くんが笑顔で、わたしの手にあるゆずジンジャーのペットボトルを指さしていた。

「なんか七海って、いつもゆず味のやつ飲んでる気がする」

「え、あ、そうかも。ゆず、好きで」

ぎくしゃくとした相槌になってしまったのをごまかすように、わたしはゆずジンジャーをひとくち飲んだ。甘酸っぱい匂いが鼻に抜ける。

はじめて飲んだのは、たしか小学五年生のときだった。

かんちゃんが飲んでいたゆずジンジャーを、おいしそうだなあと思って眺めていたら、気づいたかんちゃんがひとくちくれたのだ。

そのとき、その爽(さわ)やかなおいしさに心底感動したのを覚えている。

おいしい、と思わず興奮した声を上げたわたしに、かんちゃんは残りのゆずジンジャーをぜんぶくれた。代わりに、わたしの飲んでいた抹茶ラテをちょうだい、と言って。そっちもおいしいから交換して、って。

久しぶりにそんなことを思い出して懐かしい気分になりながら、わたしは夕暮れの公園を見渡した。

生徒会の活動終わりに、高校近くの公園で卓くんと寄り道をするのは、いつの間にか日課になっていた。

日の暮れかかった公園には、いつもひとけがない。けれど今日はめずらしく、小学校低学年ぐらいの男の子と女の子がいた。遊具で遊ぶのではなく、東屋(あずまや)の下のベンチに向かい合って座り、なにやら顔を寄せて話しこんでいる。

わたしと卓くんは離れた位置にあるベンチに座っていたので、ふたりの会話の内容までは聞こえてこない。だけどときどき顔を見合わせて笑ったり、なんだかとても楽しそうなのはわかった。

その光景に微笑ましくなりながら、けれど親しげなふたりの姿に、ふと教室で見た卓くんと坂下さんの姿が重なってしまって、

「……あの、卓くんって」

「ん?」

「いつも、坂下さんとどういう話をしてるの?」

ぽろっとすべり出るように訊ねてしまったあとで、すぐに後悔した。

他の女の子との会話の内容を詮索(せんさく)するなんて。こんなのぜったい重いし、嫉妬(しっと)深いと思われる。だいたい、わたしは卓くんを信じるって、さっき決めたばかりのくせに。

「んー、授業のこととか、校舎内の設備のこととか、あとは……」

だけど卓くんは気を悪くした様子もなく、思い出そうとするように視線を斜め上に向けながら、

「学食のおすすめとか。転校してきたばっかりで、そのへんのことがなんにもわからないからって」

「そう、なんだ」

――そんなの、同じクラスの人にでも訊けばいいのに。

ついそんなことを思ってしまって、だけどすぐに打ち消した。それはいくらなんでも性格が悪い、と自覚して。

転校してきたばかりで心細さだってあるだろうし、気の合う人に頼りたくなるのは当たり前だ。卓くんは優しくて話しやすいから、頼りたくなる気持ちはよくわかる。べつに付き合っているからといって、わたしが卓くんを独占していいわけでもないのだから。

「坂下さんに、いろいろ教えてあげてるんだね」

「うん。坂下さんが早くこの学校に慣れられるように、ちょっとでも力になれてればいいけど」

優しいな。充分知っていたことだけれど、またあらためてしみじみと思う。

そっと卓くんのほうを窺えば、少し眩しそうに目を細めて公園を眺める、穏やかな横顔があった。

その横顔がきれいで、胸の奥がつきんと痛む。

なぜだか、わたしだけが知っているのだと、今までずっと自惚れていた。バカみたいだけど。この優しさもきれいさも、わたしだけが見つけた宝物のような、そんな気がしていた。

——そんなわけ、なかったのに。

「あ、あとは」

「うん？」

「生徒会のこととか」

「……え？」

思い出したように卓くんが続けた言葉に、心臓が嫌な音を立てた。

思わず強張った声をこぼしたわたしには気づかなかったようで、卓くんは朗らかな口調のまま、

「坂下さん、生徒会にちょっと興味あるみたいで。最近はよく生徒会のこと訊かれるから、いろいろ教えてるかな」

胸に、黒いインクを流しこまれていくようだった。

全身から熱が引き、鼓動が硬くなる。

膝の上でぎゅっと拳を握りしめながら、わたしは卓くんの顔を見ると、

「……坂下さん、生徒会に入るの？」

「まだわかんないけど。入ってみたいとは言ってた」

――嫌、だ。

真っ先にそんなことを思ってしまった自分が、心底嫌だった。

べつに生徒会はわたしのものでもなんでもない。入りたい人は誰でも、自由に入っていい場所だ。わたしだって卓くんからそんなふうに言ってもらえたとき、とてもうれしかったのに。

どくどくどく、と心臓が耳元で脈を打つ。握りしめた手のひらに汗がにじむ。

――もし坂下さんが、生徒会に入ったら。

想像は、嫌になるほどの鮮明さで瞼の裏に浮かんだ。

わたしよりずっと頭が良くて、身体も健康で。難しい計算も、長時間の屋外活動も、ぜんぶ当たり前のようにこなすことができて。先輩たちもみんな、きっとすぐに気に入る。わたしを有能だと褒めてくれた柴崎先輩だって、きっと。坂下さんが入れば、ちょっと字がきれいでちょっと絵が描けるぐらいのわたしなんて、見向きもされなくなるのかもしれない。

それに、卓くんだって。

もしかしたらそんな姿を見ているうちに、気づいてしまうのかもしれない。

わたしなんかより、坂下さんのほうが、ずっと魅力的だって。


「そういえばさ、土屋って」

「……へ」

思わず顔を伏せてうなだれていたわたしの耳に、唐突な名前が飛びこんできた。

「かんちゃん？」訊き返しながら卓くんのほうを見ると、そこで卓くんはふと言葉を切って、

「……ああ、いや。なんでもない」

「え、なあに？　気になる」

わたしが笑って促せば、卓くんはちょっと迷うような間を置いたあとで、

「いや、土屋と七海って、幼なじみなんだよね」

「そうだよー。生まれたときからいっしょ」

「俺さ、最初は」

「うん？」

「七海って、土屋と付き合ってるのかと思ってた」

「へ!?」

　思いがけない言葉にぎょっとして、素っ頓狂な声を上げてしまう。それからあわてて、「いや、まさか！」と早口に続けた。ぶんぶんと顔の前で手を振りながら、

「そんなことあるわけないよ！　わたしとかんちゃんがとかそんな、とんでもない！」

「とんでもないって」

　わたしの過剰な反応にちょっと戸惑ったみたいに、卓くんが苦笑する。だけどわたしは間を置かず、「いやとんでもないよ！」と強く重ねた。だって本当に、とんでもないから。万が一この誤解がかんちゃんの耳に届いたらと考えるだけで、恐ろしくなるぐらいに。

「幼なじみなんでしょ。ならべつに、とんでもなくはないんじゃ」

「いやいやとんでもないんだよ！　わたしとかんちゃんは、そういうのじゃないから」

「そういうの？」

「その、ふつうの、友だちみたいな……そういう幼なじみじゃ、ないから」

　言いながら、自分の口にした言葉にぎしりと胸が軋む。

　そうだ、わたしたちは。そういう、〝ふつう〟の幼なじみじゃない。そんなのは、かんちゃんに、申し訳ない。そんな誤解をされていいような関係性じゃない。

「あの、わたし、昔から身体が弱くて、勉強もできなくて、それで」

卓くんが困惑した顔をしているので、わたしはあわてて説明を始める。

「だからかんちゃんは、ずっとわたしといっしょにいて助けてくれたの。保健室に連れていってくれたり、勉強教えてくれたり……かんちゃんが優しいから、そんなふうに、ひとりじゃなにもできないわたしの傍にいてくれただけで。だからかんちゃんとわたしのことでそんな誤解をされるのは、すごく、かんちゃんに悪いっていうか」

言葉を選びながら訥々とした（とつとつ）しゃべるわたしの顔を、卓くんはじっと見ていた。

一瞬だけなにか言いたげな顔をしたようだったけれど、けっきょく思い直したように、開きかけた口をまた閉じたのがわかった。

そうして代わりに、「そっか」と短く呟いて、

「そういえば、来月三連休があるよね」

唐突にがらっと口調を変え、話題も変えた。

「あ、うん。そうだねっ」

三連休。卓くんの口にしたその単語に、にわかに気持ちが浮き立つ。

もちろんその存在は知っていたけれど、それを卓くんが話題に出したことに、ふと期待がふくらんだとき、

「どこか行こっか。三連休」

「え、行く！」

卓くんは期待したとおりの言葉を続けてくれて、わたしは間髪入れずに弾んだ声で返した。身体ごと卓くんのほうを向き直り、軽く身を乗り出すような勢いで、

「どこ行く？　たしか今度の三連休って、生徒会の活動もなかったよね！」

「うん。せっかくだし、ちょっと遠出してもいいかもね」

「え、したい！」

「七海、どこか行きたいところある？」

「えっとね」とわたしはにやける口元を抑えられないまま、即座に考えを巡らせる。

卓くんと行きたいところなら、それはそれはたくさんあった。付き合いはじめてすぐに、たくさん妄想した。

水族館、遊園地、カラオケ、映画館、最近できたばかりのおしゃれなカフェ——。候補は次から次に止めどなく湧いてきて、口に出す答えを選びかねていたとき。

ふいに弾けるように、ひとつの言葉が頭に浮かんだ。

他のすべてを押しのけるような鮮烈さで、ぱっ、と。

「……柚島」

そうして浮かんだと思った次の瞬間には、それはそのままこぼれるように、唇からすべり出ていた。

「柚島？」

ちょっと驚いたように、卓くんが訊き返してくる。

「うん」と頷きながら、わたしも驚いていた。自分がそれを口にしたことに。

幼い頃は、それはもう夢に出るほど、強烈に想い焦がれた場所だった。たぶん叶わないと心のどこかでわかっていたからこそ、よりいっそうその憧憬は強まったのだと思う。

だけど成長するにつれ、さすがにその想いも薄れていった。そう思っていた。実際、ここ最近は、意識にのぼってくることすら一度もなかった。

なのに。

「柚島に、行きたい。わたし」

行きたい場所と問われたとき、返す答えはそれ以外考えられなかった。

さんざん妄想していた水族館デートも遊園地デートも、ぜんぶあっけなく霞むぐらいに。胸のずっと奥深いところから叫ぶ声が、全身を満たしていた。

卓くんは少しのあいだ黙ってわたしの顔を見つめた。

そうして、

「……わかった」

穏やかに微笑み、ゆっくりと頷いた。

「じゃあ行こう、柚島」

それに思わず、え、と声がこぼれる。自分から言い出したくせに、あっさりと了承する返事があった途端、すごい勢いで困惑が湧いてくる。

「あの、でも」わたしはなぜか焦って、あたふたと口を開くと、

「柚島、遠いよ？　電車で二時間ぐらいかかるし……」

「大丈夫でしょ。それぐらいならぜんぜん日帰りで行けるし」

「だ、だけどわたし、そんな遠出、今まで一回もしたことなくて」

「でも行きたいんだよね？」

ふいにまっすぐな声で問いかけられ、一瞬、言葉が詰まった。

卓くんはその声と同じだけまっすぐな目で、わたしを見据えていた。

いつもそうだった。わたしの気持ちを確認するときの卓くんは、いつも、そうやってまっすぐに、わたしを見つめた。

「……う、ん」

そしてわたしは、その目に見つめられると、嘘がつけない。でも、とか、だけど、とか。いつもすぐに続けてしまうそんな言葉が、喉を通らなくなる。ずっと胸の奥底に横たわっていた正直な気持ちだけ、引きずり出されてしまう。

「行きたい。わたし、柚島に、めちゃくちゃ行きたい」

「じゃあ、行こうよ」

あのときみたいに、卓くんはあっさりと首肯する。それがとてもうれしいのに、胸にはどうしても靄のような不安がかかっている。体育の授業や生徒会のときより、柚島に対してはずっと根強いためらいが、わたしの中にある。

——無理だろ、七海は。

あの日聞いたかんちゃんの声が耳の奥で響いて、わたしはペットボトルをぎゅっと握りしめた。

——行ったら七海、ぜったい体調崩すし。

「あの、わたし……」

そうだ、やっぱり無理だ。行ったらきっと、卓くんに迷惑をかける。もし出先で、倒れたりなんかしたら。

行きたい気持ち以上にその懸念のほうが強く胸を覆っていて、ごめんなさい、とわたしが口を開きかけたとき、

「行きたい場所があるなら、行ったほうがいいよ」

まるでわたしの言いかけた言葉を察したみたいに、卓くんが言った。穏やかだけれど、芯のある声だった。

「せっかく今行ける場所なら、行けるうちに行っとかないと。明日はどうなってるかわからないんだし」

「明日？」

「うん。もしかしたら明日、七海も俺も死ぬかもしれないし」

「えっ」

ふいに物騒な言葉が出てきて、ぎょっとした声を上げてしまったわたしにかまわず、

「俺はずっと、そう思って生きてるよ。明日、死ぬかもしれないって」

卓くんは穏やかな口調のまま、こともなげに続けた。

え、とまた声がこぼれる。それが冗談ではないのは、わかったから。

卓くんはどこか遠くを見るような眼差しで、東屋にいるふたりの子どものほうを眺めながら、

「死にはしなくてもさ、また心臓が駄目になって、歩くこともできなくなるかも、とか。そういうことずっと考えてる。だから今、俺の身体が元気で、自分で歩いて自分の行きたい場所に行けることとか、当たり前じゃないって思ってるから。元気なうちに、やりたいことはぜんぶやっておきたいって」

「え……卓くんの心臓、まだ、悪いの？」

訊ねる声は、少し震えてしまった。以前、卓くんがしてくれた話を思い出して。

去年心臓の手術をして、それで高校入学が一年遅れたこと。今も、長い距離は走れ

ないこと。

いっきに怖い想像がふくらんで、顔を引きつらせてしまったわたしに、

「いや、今はもう悪くないよ。手術してちゃんと治ったから、大丈夫」

安心させるように卓くんは笑ってから、「だけど」と真面目な声で続ける。

「それで、これからも一生大丈夫だなんて保証はないでしょ。べつに俺だけじゃなくて、七海も誰でも。明日急に、心臓が駄目になっちゃうかもしれない。そう思いながら、毎日生きてるってこと」

「なんで、そんな、怖いこと考えるの……？」

わたしが思わず強張った声で訊ねてしまうと、「だって」と卓くんは少し困ったように笑った。

「俺が、そうだったから。最初に倒れたとき。直前までふつうに元気で、当然、明日からもずっとふつうに元気なんだと思ってたら、急に息ができなくなって、目の前が暗くなって。起きたら病院のベッドの上で、それからずっと家にも帰れなくなって、なんにもできなくなって。そのときさ、すっごい後悔したんだよね。ああ、このままベッドの上で死ぬのかなって思ったら、その前にあれもこれもやりたかったたって」

だから。卓くんの目が、ふいにわたしを捉える。

「行きたい場所があるなら、行こうよ。せっかく今の七海は元気で、自分の足で柚島

に行けるんだから」

「……元気」

あまり向けられることのないその言葉が新鮮で、思わず繰り返してしまうと、

「うん。学校にも通えてるし、体育の授業だって参加できてるし、生徒会活動もちゃんとやれてるし。めっちゃ元気でしょ。行けるよ、柚島」

思えばいつも、できないことにばかり目を向けていた。

体調管理には気をつけているつもりだけれど、それでも月に一、二回は体調不良で休んでしまう日があること。体育の授業も、毎回参加できるわけではないこと。生徒会活動も、屋外での長時間の活動などは休ませてもらっていること。

だからこんなわたしに、柚島なんてとうてい無理だって。すぐに、そんなふうに結びつけて。

だけどたしかに、今のわたしは自分の足で歩くことができる。一学期には持久走にだって参加できた。昔みたいに、授業中に体調を崩して保健室へ行くことも格段に減った。六限の授業を終えたあと、夕方遅くまで生徒会活動に参加した今だって、わたしの体力はまだ残っている。

コインがひっくり返るみたいな感覚だった。急に、今まで見えていた世界の色が、変わるのを感じた。

十年前、行けなくて泣いた場所。いつしか、わたしにはけして手が届かないのだと、諦めてしまった場所。途方もなく遠いと感じていたその場所が、本当は、わたしが手を伸ばせば届く位置にあったことに、唐突に気づいた。

今なら。頭の中で、声が響く。

行けるのかもしれない。わたしは、柚島に。

もし、もし本当に、行けるのなら。

——行きたい。たまらなく。

わたしは、柚島に、行きたい。

その瞬間、目眩がするほど痛烈な衝動が、わたしの胸を震わせた。

本当は、十年間、ずっと。心の奥底ではちっとも諦めてなんかいなくて、ずっとずっとそう願いつづけてきたことを、そのとき急に、自覚した。

「お母さん、あの……」

台所に立ち、洗い物をしているお母さんの背中に、わたしはそっと声をかける。

「んー?」お母さんは手を止めることなく、視線だけちらっとこちらへ向けて、

「なあに?」

「あのね、来月の、三連休なんだけどね」

ドキドキしながら、わたしはゆっくりと言葉を継ぐ。知らず知らず右手が、着ているスウェットの裾をぎゅっと握りしめていた。

「真ん中の日曜日だけど、わたし、一日出かけるから」

「あら、また生徒会？　忙しいのねえ、ほんとに」

訊き返したお母さんの声は、思いがけなくうれしそうだった。

「え、あ……」それに思わず、続けようとした言葉が喉でつかえる。

生徒会じゃない。遊びにいくの。最近付き合いはじめた人がいて、その人と柚島に……。準備してきた台詞は喉の奥で凝るばかりで、声にならない。わたしが口ごもっていると、お母さんはこちらを振り返り、

「頑張ってるのね。身体には気をつけてね」

と優しく笑った。

「……うん。ありがと」

けっきょく、わたしは力なく笑ってそんな言葉を返していた。

また今度話そう。情けなく肩を落としながら、わたしは考える。

来月の三連休まではまだ時間があるし、どこかで折を見て打ち明ければいい。それにまだ、柚島行きの詳細だって決まっていない。どこへ行くとか、なにをするとか。

そのへんの計画をしっかり立ててからのほうが、きっと説明もしやすい。これぐらいちゃんと考えているから、大丈夫だよ、心配しないでって。

うん、そうしよう。

決めた途端、ガチガチに緊張していた身体からふっと力が抜ける。

――このときの消極的な選択を、わたしはのちに、たまらなく後悔することになるのだけれど。

「やっぱり、白波山(しらはやま)はどうしても行ってみたくて」

ファストフード店のテーブルに広げた雑誌を眺めながら、わたしは真面目な顔で卓くんに言う。

入店してから、もうかれこれ一時間は経っている。日曜日午後の店内は、わたしたちの他も高校生らしきお客さんでほぼ満席だった。

わたしの言葉に、うん、と卓くんも真面目な顔で相槌を打って、

「ここ有名だもんね。ただ山だし、ちょっと遠いけど……」

「でも調べたんだけどね、途中までバスで行けるみたいなの。山のふもとまでじゃなくて、中腹ぐらいまで」

言いながら、わたしは付箋をつけていたページを開く。昨日の夜読み込んだ、白波山への行き方が書かれたページを、「ほら」と卓くんに示す。

「だからね、終点までバスに乗っていればほとんど歩く必要もないし、大丈夫じゃないかと思うんだ。山頂まで行かなくても、景色はきれいみたいだし……」

今日は午前中に生徒会活動があったので、それが終わったあと、柚島行きについて計画を立てたい、と言ってわたしから卓くんを誘った。まだ時間はあるといっても、準備は入念にしておきたかった。万が一、なんてことがあってはいけないから。

「すごいね」

何ヵ所か蛍光ペンで印をつけているそのページを見せてわたしが説明していると、話の切れ目で、卓くんがぽつりと呟いた。

「七海、こんなに調べたんだ」

「あ、うん……楽しみすぎて、つい、張り切っちゃって」

意味もなく前髪に触れながら、わたしははにかむ。本当は楽しみな気持ちと同じぐらい、恐怖にも似た緊張感も大きかったけれど。

思えば、自分の意思で、自分だけの判断で、行きたい場所に行くというのははじめてだった。いつもは行きたい場所があっても、まずはお母さんやかんちゃんに相談して、そしてそこでたいてい反対されて諦める、というのがお決まりのパターンだったから。

それでよく悲しんだりしていたけれど、今思えば、それは楽でもあったのだと気づいた。ただお母さんやかんちゃんの判断に、従っているだけだったから。なにも考える必要はなかったし、なんの責任もなかった。もしかしたら自分でも意識しないうちに、わたしはその楽さを選んでしまっていたような気もする。

——だけど。

昨日わたしがたくさん付箋を貼ったその雑誌を見ながら、わたしは思う。

この場所だけは、諦めたくない。楽なほうに、流されたくない。——もう、甘えたく、ない。

それから夕方までたっぷり話し合って、ある程度の予定が固まったところで、わたしたちはお店を出た。

「なんか、本当に行けそうな気がしてきた」

具体的な予定が見えてきたことで実感が湧いてきて、わたしがドキドキしながら呟くと、卓くんは笑った。

「本当に行くんだよ」

「うん」

相槌を打ってから、わたしはふと卓くんの顔を見た。

「ありがとう、卓くん」

「え、なにが?」

ぽろっとこぼれていた感謝の言葉を不思議そうに訊き返され、わたしは首を振った。

「わかんないけど、なんか、いろいろ。……いろいろ、ありがとう」


駅で卓くんと別れ、ひとりホームに座っているあいだも、電車に揺られているあいだも、わたしの頭の中では柚島の海がぐるぐるとめぐっていた。

白波山、雑貨屋さん、パンケーキのおいしいカフェ。

さっき卓くんと立てた計画は、もうばっちり頭に叩きこまれている。

せっかく行くのだからと、卓くんはわたしの希望を極力尊重してくれた。それでも、移動距離や交通手段などを考えて、体力的に厳しそうなところははっきりと指摘してもくれた。

そうして計画を綿密に立てていくうちに、しだいに、案外なんとかなりそう、という楽観的な気持ちが生まれてきて、気づけば不安を押しのける勢いで、そちらのほうが大きくふくらんでいた。

――柚島に、行ける。

噛みしめるたび、高揚で全身がざわめく。頬が熱くなり、ゆるんだ口元からは笑みがあふれそうになる。

夢みたいだった。十年前行けなかったあの場所に、ようやく行ける。

わたしも、柚島に、行ける。行けるんだ。

それを泣きたいぐらいうれしく思っている自分に、ふと少し戸惑ってもしまう。自分がここまで柚島に焦がれ続けていたなんて、本当につい最近まで、知らなかったから。十年前のあの日とほとんど同じぐらいの熱量で、今も想っていたことを。

……ああ、そうだ。お母さんにも話さなきゃ。

最寄り駅に着いて電車を降りたところで、わたしははっと思い出した。

来月の三連休、お母さんには生徒会の活動があると嘘をついてしまっている。今日、帰ったらちゃんと話そう。最初は反対されるかもしれないけれど、卓くんと話し合って決めた計画をしっかり説明すれば、きっと納得してもらえるはず。

決意したら、にわかに緊張が込み上げてきた。息を吐いて、気合を入れるように、よしっ、と口の中で小さく呟いてみる。そうして改札を抜け、駅を出て歩き出そうとしたとき。

ふいに、足が止まった。

え、と掠れた声が唇からこぼれ落ちる。

かんちゃんが、いた。駅前にあるロータリーの向こう。女の子といっしょに、歩いているのが見えた。

——なんで。

愕然とした呟きが、胸の中に落ちる。

わけがわからなくて、凍ったように立ちつくしたまま、わたしはその光景を眺める。

——なんで、かんちゃんが、坂下さんと?

離れているので、当然会話の内容は聞こえない。だけどかんちゃんのほうへ顔を向けた坂下さんが、笑っているのは見えた。そしてその笑顔が、ひどく親しげなのも。

偶然そこで会ったからちょっといっしょに歩いている、というふうではなかった。白いニットにグレーのショートパンツを穿いた坂下さんは、はた目にもおしゃれをしている。学校にいるときとは違い、巻かれた髪がふわふわと揺れている。その姿は普段学校で見ている彼女よりずっとかわいくて、なぜかざわりと胸が波立つ。

交差点に差しかかったふたりが、足を止めた。そうして駅のほうへ身体を向けたので、わたしははっとして顔を伏せた。見つかってはいけない、と咄嗟に思った。あわてて踵を返し、足早にその場を離れる。

どくどくどく、と心臓が嫌な感じに騒いでいた。

たぶんわたしは今、見てはいけないものを見てしまった。なぜか直感で、そう思った。

学校で坂下さんのあんな笑顔を見るのは、彼女が卓くんの前にいるときだけだった。他のみんなには男女問わず、坂下さんは総じて塩対応だった。だからこそ坂下さんが卓くんに対して愛想よく話しかけはじめただけで、すぐに噂になったのだ。

そんな坂下さんが、かんちゃんの前でも、笑っていた。

休日におしゃれをして、かんちゃんの最寄り駅近くを、かんちゃんとふたりで歩いていた。

それがなにを意味するのかなんて、わからなかった。わたしが見たのはその光景だけで、それ以上のことなんてなんにも、わからなかった。

べつにただ、なにかのきっかけで仲良くなって、いっしょに遊んでいただけかもしれない。それだってなにもおかしな話ではない。卓くんとは関係なく、ただただ坂下さんとかんちゃんが、仲良くなっただけ。

だけど、かんちゃんと坂下さんはクラスも違う。それにかんちゃんもかんちゃんで、昔から女の子の友だちが多いタイプではなかった。共通の友だちといっても、今の坂下さんの友だちは卓くんぐらいしかいないはずで、その卓くんとかんちゃんに、接点らしい接点はない。卓くんと付き合いはじめたことをかんちゃんに報告したとき、かんちゃんは卓くんのことを、知らないと言っていた。

なのに。

『なんで樋渡くんなんだろうね』

ふいに耳の奥によみがえってきた声に、どくんと心臓が跳ねる。

二週間前。突然卓くんに話しかけはじめた坂下さんを見て、眉をひそめながら言った理沙ちゃんの言葉。

『坂下さんと樋渡くんて、なんの接点もないじゃん。なんか裏でもあるんじゃないのって思っちゃうよ』

……いや、まさか。

まさか。

ふくらみかけた嫌な想像を、わたしは必死に振り払う。

意味もなく家とは反対方向に歩きながら、偶然だと言い聞かせる。

たまたま坂下さんが、卓くんとかんちゃんのふたりと、仲良くなっただけ。べつにありえないような話ではない。卓くんとかんちゃんは、クラスも部活も見た目も性格も仲の良い友だちも、なにもかも違うけれど。

共通点といえば、わたしと親しいこと、ぐらいだけれど。

――だけどそんなの、考えすぎに決まっている。

だって理由がない。わたしと坂下さんは知り合いでもなんでもない。一度も話したことすらない。だからありえないと断言できるはずなのに、気味の悪い胸騒ぎは収まらない。

ぐるぐると考えごとをしながら、わたしはだいぶ長いこと街を歩き回っていた。

三十分近く経っただろうか。さすがに歩き疲れたので家に帰り、玄関のドアノブに手をかけたとき。

——もしかして。

ある可能性が、ふいに頭をよぎった。

卓くんでは、なかったら？

坂下さんが先に親しくなったのが、卓くんではなくて、かんちゃんのほうだったなら？

それをきっかけに、坂下さんが卓くんに近づいたのだとしたら——

「七海」

ふくらみかけた妄想は、家に入った途端飛んできた低い声に、ぶつんと断ち切られた。

「おかえり」

「あ……ただいま」、

顔を上げると、硬い表情をしたお母さんがこちらを見ていた。

目が合った瞬間、背中にすっと冷たいものが走る。嫌な予感がした。

「ねえ、七海」

続いた声もひどく硬くて、わたしが思わず鞄の紐をぎゅっと握りしめたとき、

「今日は生徒会だったの？」

「え？　あ、うん」

朝出かけるとき、お母さんにはそう伝えてきた。正確には午前中だけだけれど、生徒会の活動があったのは本当だ。だからどうしてあらためて、しかも深刻な声色でそれを訊かれたのかわからず、わたしが怪訝に思いながら頷くと、

「今度の三連休は」

「え」

「本当は生徒会じゃなくて、柚島に行くつもりなんでしょう？」

がん、と頭を殴られたような感覚がした。

視界が揺れ、息が詰まる。つかの間、目の前が暗くなる。

咄嗟に言葉を返せず固まってしまったわたしの反応だけで、お母さんは察したみたいだった。

けわしい表情で目を伏せ、短いため息をつくと、

「なに、お母さんたちに嘘ついて、こっそり行こうとしてたってこと?」

違う、と言おうとした。だけど反駁は声にならなかった。

だってもう、今更言ってもぜんぶ遅い。ぞっとするほど即座に、それだけは理解できた。

わたしが最初に、嘘をついてしまった時点で。お母さんに本当のことを知られる前に打ち明けられなければ、終わりだった。ここの順番が逆になってしまったら、もうすべて。今更なにを言ったところで、ただの言い訳にしかならないから。

「……ごめんなさい」

――ああ、これでもう、柚島へは行けない。

うつむいて掠れた声で謝りながら、そんな確信だけが、黒く胸を覆った。

この状況から説得なんてできるわけがない。嘘をついていたわたしがなにを言っても、響くわけがない。

どうしよう。卓くんに謝らなきゃ。せっかくあんなに、一生懸命考えてくれたのに。

鼻の奥が熱くなる。顔を上げることができずにうつむいたまま、涙を堪えるように唇を噛む。そうして床の木目をじっと睨みながら、でもなんで、とわたしは思う。

なんで、バレたのだろう。

柚島行きのことを知っている友だちなら何人かいる。理沙ちゃんとか、仲良しの子たちには浮かれて話してしまった。

だけどその子たちとお母さんに面識はない。お母さんとも面識がある友だちといえばかんちゃんぐらいだけれど、柚島行きのことは、かんちゃんには話していない。

そこまで考えたときだった。唐突に、さっき駅前で見た光景が、瞼の裏に弾けた。

そして直感した。針に糸が通るみたいに、嫌になるほどはっきりと。

――そうだ。話すとしたら、かんちゃんしかいない。

柚島行きについて、卓くんにとくに口止めはしていなかった。だからもし、卓くんが坂下さんに柚島行きのことを話していたなら。きっと坂下さんからかんちゃんへも、伝わった。

だってあのふたりは、つながっていた。わたしの知らないところで、隠れるように。

ふいに真っ黒な感情が足首をつかんで、這い上がってくるのを感じた。

唇が震える。なんで、と呟いた胸の底が、じくじくと痛む。

心配してくれたのかもしれない。必死に言い聞かせてみても、だけどそれならどうして、と打ち消す声が続いてしまう。

どうしてわたしではなく、お母さんに伝えたのだろう。どうしてわたしには、なにも言ってくれなかったのだろう。

わたしが柚島なんて浮かれていたのが、気に食わなかったのかな。

ずっと、かんちゃんに守られて生きてきたわたしが。調子に乗って勝手なことをしているのと、そう思われたのかな。七海のくせに生意気だ、って。だってかんちゃんはきっと。

ずっと、わたしのことを、そう思っているから。

第五章　こころなく

頭が痛い。あまり眠れなかったせいだろうか。朝からずっと、思考に靄がかかっているみたいだ。

卓くんには、今朝教室で顔を合わせてすぐに、柚島に行けなくなったことを伝えて謝った。家族で急遽出かけることになったから、と。わたしがお母さんに嘘をついてしまったせいだとは、どうしても言えなかった。

卓くんは一言も責めることなく頷いて、「また次の機会に行こう」と言ってくれた。わたしは強張る頬を持ち上げ、どうにか笑みを返すので精いっぱいだった。

かんちゃんとは、その日の朝も時間が合わず、会うことはなかった。それにほっとしていたのだけれど、朝のホームルームで、わたしたちのクラスの体育の先生が、インフルエンザにかかって休みだとの報告があった。そのため、今日の体育は二組から四組まで三クラス合同で行うらしい。

ずんとお腹の底に重たいものが沈むのを感じながら、わたしはその報告を聞いていた。

三組にはかんちゃんがいる。せめて今日ぐらいは、顔を合わせたくなかったのに。まだ柚島に行けなくなったショックが鮮烈に残っている今、かんちゃんの前でいつもどおりの笑顔を作れるのか、自信がなかった。

「七海ちゃん、今日体調悪いんじゃない？」

憂鬱（ゆううつ）な気分で体操服に着替えていたとき、ふと理沙ちゃんからそんな声をかけられた。

え、と訊き返しながら彼女のほうを見ると、理沙ちゃんは心配そうに眉を寄せて、

「なんか顔色悪いし、朝から元気ないよ。きついなら、今日は見学したら？」

「あ、ううん。大丈夫、ぜんぜん」

わたしはあわてて笑みを作ると、顔の前で手を振る。そこでまた、こめかみがズキンと痛んだ。歪（ゆが）みそうになる顔を隠すよう、いそいでロッカーのほうを向き直る。

「でも」

「大丈夫だよ、本当に」

言い募りかけた理沙ちゃんをさえぎった声は、思いのほか強い調子になってしまった。

体操服を手にとろうと伸ばした腕が、なんだか重たい。気持ちが沈んでいるせいだと思っていたけれど、それだけではないのかもしれない。たしかに理沙ちゃんの言うように、顔色が悪い自覚はあった。

今日は無理しないほうがいいと、心のどこかから声がする。だけどわたしは聞こえ

ない振りをして、体操服に腕を通した。

――七海には無理だろ。

ふいに耳の奥によみがえってきたかんちゃんの声に、逆らうみたいに。

できるだけかんちゃんとは顔を合わせないようにしようと思いながら更衣室を出たのに、グラウンドのほうへ歩いていく途中で、前方にその姿を見つけた。

しかもちょうどかんちゃんもこちらを見ていて、気づかない振りをする間もなく、目が合ってしまった。

わたしの姿を認めたかんちゃんの眉間に、かすかにしわが寄る。

きっとわたしが体操服を着ているからだ。数週間前、たまたまかんちゃんと帰り道でいっしょになったとき、わたしはかんちゃんから、今後の体育は見学するよう強めに言われていた。はじめてバスケに参加できたことがうれしくて、思わずそれをかんちゃんに話してしまったから。また倒れたらどうすんの、と心底あきれた顔でかんちゃんは言った。

そのときのことを思い出して、きゅっと心臓が縮こまる。こめかみのあたりが鈍く疼く。

けれど目が合った以上、無視するわけにもいかなかった。隣を歩いていた理沙ちゃ

んに、「ちょっと先に行ってて」と告げ、わたしはかんちゃんの前に立つ。わたしはあらためてかんちゃんのほうを向き直ると、

「かんちゃん」

笑顔が強張っていませんように。祈りながら、わたしはかんちゃんの前に立つ。

「そっか。今日は三組四組といっしょなら、かんちゃんともいっしょか」

気持ちとは裏腹に、喉を通った声は驚くほど明るかった。へらへらと、慣れたよう
に顔がゆるむのがわかる。染みついているのだと感じた。かんちゃんの前では、こん
なふうに気持ちを押しつぶして、ただ笑顔を作るのが。

——そんな自分に、ふいに、吐き気がするほどの嫌悪感を覚えた。

「なんで」

「ん？」

「なんで体操服着てんの、おまえ」

不快そうに眉をひそめたかんちゃんが、低く問いかける。怒っているのはすぐにわ
かった。わたしが体育に参加しようとしているからではない。わたしが、体育は見学
しろと言ったかんちゃんの言葉を無視しているから。

わたしが無視していいはずがない、かんちゃんの言葉を。

「え？　なんでって、体育だから」

「参加すんの？」

「うん。体調もいいし」

　思えばずっと、そうだった。わたしが生徒会に入ることを告げたとき。体育の授業に参加していることを告げたとき。かんちゃんはいつも、不快そうに眉をひそめていた。

　わたしはそれを、心配してくれているのだと思った。そう思おうとした。

　かすかに覚えた違和感は、いつも、見ない振りをして。

「だから」

　わたしの言葉を聞いたかんちゃんが、顔をしかめる。強まった語気には、隠す気もない苛立ちがこもっていた。

「見学しろっつってんじゃん。今はよくても、体育したら悪くなるかもしれないだろ」

「やだ。体育したいもん」

　それでもわたしはへらりと笑って、軽い調子で返す。深刻になりそうな空気を振り払うように。いつものように。

　かんちゃんと喧嘩に、ならないように。

「したいもん、じゃなくてさあ」

　だけどかんちゃんは、わたしの返答によりいっそうイライラした様子で頭を掻く。

その心底あきれた、頭の悪い子どもに言い聞かせるような声を、聞いたときだった。

急に、頭の中でなにかが弾ける音がした。

「おまえ、いい加減用心するとか覚えろよ。何回それで体調崩してると思ってんの」

「いいんだよ」

それがわたしの言った言葉だと、一瞬わからなかった。考えるより先に、唇からすべり出ていた。

「は？」とかんちゃんが顔をしかめる。

ずっと怖くて仕方がなかったはずのその表情に、今は不思議なほど胸の底が冷えていくのを感じた。その冷たさに押されるまま、声があふれる。

「体調、悪くなってもいい。それでも体育がしたいの」

一瞬、かんちゃんが不意を突かれたように目を見張った。

「……は？　なに言ってんの、おまえ」

なにか理解しがたいものを見るような目で、かんちゃんがわたしの顔を見る。

わたしが今、どんな表情をしているのかはわからない。だけどもう、笑顔なんてぜんぜん作れていないのはわかった。息が苦しい。

「いいわけないじゃん。体調崩してまで体育するって、ただのバカだろ」

バカ。かんちゃんからそう言われたのは、たぶんはじめてだ。

だけどかんちゃんが、わたしのことをずっとそんなふうに思っていたことは知っている。知っていた。ずっと。これも、見ない振りをしていただけで。

「じゃあ、バカでいいよ。うん、わたしバカだ」

自分がなにを言っているのか、よくわからなかった。ただ胸の奥でふくらんだ冷たさが喉元までせり上がってきて、それがそのまま声になっていた。

「七海」

──ああ、駄目だ。

心のどこかで叫ぶ声がする。だけど止まらない。目の前で表情を歪めるかんちゃんに、よりいっそう胸の奥の冷たさがふくらんでいく。息が詰まる。これ以上彼の顔を見ていることすら耐え難くなって、わたしがかんちゃんから目を逸らしたとき、

「いいじゃん、もう」

ふいに後ろから声がした。

振り返ると、いつからいたのか、卓くんがすぐ傍に立っていた。

「やりたいって言ってるんだから」

卓くんが見ていたのは、かんちゃんのほうだった。困ったような笑顔で、軽く首を傾げた卓くんは、

「させてあげれば。ほんとに体調もいいみたいだし」

子どもの喧嘩をなだめるみたいな穏やかな口調で、卓くんが言う。

そんな卓くんのほうへ視線を移したかんちゃんが、なにか言い返しかけたのがわかった。けれどちょうどそのとき、グラウンドから声がした。招集をかける先生の声だった。

「あ、授業始まるよ」

それを聞いて、わたしは心底ほっとした。ふたりへ早口に告げ、踵を返す。

かんちゃんがまだ、なにか言いたげな顔をしていたのは気づいていた。だけど逃げるように、わたしはグラウンドへ向かって歩き出した。

これ以上かんちゃんと顔を合わせているのが、怖かった。なにか取り返しのつかないことを、言ってしまいそうで。


「七海ちゃん、ねえ、本当に大丈夫？」

転がってきたボールを足元で止め、理沙ちゃんが何度目になるかわからない質問を向けてくる。

だからわたしもできるだけ明るい笑みといっしょに、「大丈夫だよ、本当に」と、何度目になるかわからない答えを返した。

そんなにひどい顔色なのだろうか。鏡がないので自分ではわからない。

けれどたしかに、こめかみのあたりはずっとじくじく痛んでいる。いつものわたしなら、きっと大事をとって見学するぐらいの体調だ。――今日が、三組との合同体育でなければ。

ムキになっている自覚はあった。

グラウンドの中央では、サッカーの試合が行われている。半分に区切ったこちら側では女子が、反対側では男子がそれぞれ試合をしている。そして試合に出ていないわたしたち残りの生徒は、グラウンドの空いているところで各々パスやドリブルの練習をしていた。

今コートの中にいるのは四組で、坂下さんもそこにいた。

普段は下ろしている長い髪をひとつに束ねた彼女は、明らかにやる気のない様子でコートの隅のほうに立っている。それでもさすがに棒立ちは良くないと思っているのか、ボールの動きに合わせて軽く走ったり、たまたま自分のところへ転がってきたボールをまたすぐにチームメイトへパスしたり、最低限の仕事はそつなくこなしているようだった。お世辞にも活躍しているとは言いがたいけれど、しっかりコートの中で動いてはいる。

そんな坂下さんの姿を、わたしはつい目で追ってしまう。

試合が始まってだいぶ経つけれど、坂下さんの顔はずっと涼しいままだ。息なんて少しも上がっていない。きれいに束ねた髪の一筋すら乱れていない。体操服を着ていても、なんの隙もない美少女という出で立ちは、いつもとまったく変わらない。

……健康、なんだろうな。

ふいにそんなことを思って、ぎしりと胸の奥が軋む。

健康で、かわいくて、頭も良くて。わたしが欲しいものをぜんぶ持っているような、そんな女の子。そんな子、なのに。なんで。

——なんでわたしの大事なものにまで、手を出すのだろう。

「あっ、七海ちゃん！」

「え？」

胸の痛みに合わせてまたこめかみが鈍く疼いて、つい目を伏せてしまったときだった。

理沙ちゃんの声にはっと我に返り、あわててまた視線を上げると、わたしの前にきたはずのボールが消えていた。後ろを見ると、グラウンドの端へ向かってぐんぐん走っていくボールの、遠ざかる姿があった。

「あ……ご、ごめんねっ」

ぼうっとしていて、理沙ちゃんのパスを取り損ねてしまったらしい。

わたしはあわてて謝り、ボールを追って走り出そうとした。けれど一歩足を前へ出した瞬間、大きく視界が揺れた。グラウンドがぐにゃりと歪む。顔からいっきに血の気が引く。あ、と思った次の瞬間には、膝と右手が地面についていた。

「七海ちゃん⁉」

驚いたような理沙ちゃんの声は、厚い膜を隔てた向こうから聞こえてくるみたいに響いた。視界にある黄土色の地面とわたしの右手が、ぐらぐらと揺れる。

「大丈夫⁉」

声を上げながら、理沙ちゃんがこちらへ駆け寄ってくるのがわかる。不明瞭な聴覚でもその声が大きいのはわかって、わたしはあわてて顔を上げようとした。大丈夫、と理沙ちゃんに伝えるために。けれど重たい身体は思うように動かない。

駄目だ。途端、息もできないほどの焦りが駆け抜ける。

「七海ちゃん！」

理沙ちゃんがふたたび声を上げる。わたしを心配してくれている声。わかるのに、間近で響いたその声に、やめて、とわたしは思わず心の中で叫んでいた。

ああ、駄目だ。早く、早く起きなきゃ。早く立ち上がって、大丈夫だよと笑わなきゃ。わたしは元気なんだって見せなきゃ。

それだけで頭がいっぱいで、わたしは必死に重たい頭を持ち上げる。ズキンと痛んだ額を押さえ、理沙ちゃんの顔を見ながら、「だ、いじょぶ」と声を押し出す。

「ちょっと、ふらっとしただけ。もう大丈夫」

　自分でもまったく説得力がないとわかる、掠れた声だった。どうにか作った笑顔も、引きつっているのがわかる。

　案の定、目の前の理沙ちゃんの硬い表情はまったく解れず、

「大丈夫に見えないよ！　ね、あたしやっぱり先生呼んで……」

「いい、大丈夫。ほんとに大丈夫だよ」

　ただただ、理沙ちゃんを安心させたくて必死だった。いや、違う。理沙ちゃんの声を止めたくて、必死だった。笑顔を崩さないよう努めながら、何度も首を横に振る。

　だって、早く止めないと。理沙ちゃんの声が、彼に――

「七海」

　鼓膜を打った低い声に、どくん、と耳元で大きく心音が鳴った。

　息が詰まる。全身を巡る血液が、急速に温度を下げていく。

　ゆるゆると顔を上げれば、すぐに、こちらを見下ろす冷たい目と視線がぶつかった。

「あ、土屋くん」

　顔を強張らせるわたしの隣で、理沙ちゃんはどこかほっとしたように呟いて、

「あのね、さっき、七海ちゃんがふらついちゃって……」

「わかってる。七海、保健室行くぞ」

投げつけるような声で言って、かんちゃんがわたしへ手を差し出してくる。その手を見て、わたしは急に泣きたくなった。ほら見ろ、と。低く吐き捨てるかんちゃんの声が、頭蓋（ずがい）の裏で反響したような気がした。

咄嗟に顔を伏せ、「い、いい」とわたしは小さく首を横に振ると、

「ほんとに大丈夫だから。ちょっと休めば、すぐ……」

続けようとした言葉は、そこで途切れた。わたしの言葉が終わるのを待たず、かんちゃんがわたしの腕をつかむ。驚くほど強い力だった。痛みに顔が歪んだのがわかったけれど、かんちゃんはかまわず腕を上へ引いた。力のない身体は、ぐいっと引っ張られるまま、持ち上げられる。

「行くぞっつってんの」

低く繰り返された声に、再度首を振る余裕はなかった。急に立ち上がったせいで目眩がして、一瞬視界が暗くなる。拍子にぐらりとふらついた身体を、かんちゃんが慣れた動作で支えた。

そのまま歩き出した彼の手を、振りほどくことなんてもうできなかった。足元は地面を踏みしめる感覚もないぐらい覚束（おぼつか）なくて、きっとかんちゃんの手が離れればその瞬間に、わたしの身体はあっけなく倒れこんでしまう。それが嫌になるほど、わかったから。

……どうして。

かんちゃんに寄りかかるようにして歩きながら、悔しさが胸をつく。ふいに涙が込み上げそうになって、わたしは強く唇を噛んだ。

歯がゆかった。

どうしてわたしは、こうなんだろう。

どうしてこんなときに、ひとりで歩けもしないのだろう。

今だけ、せめて今だけは。

――かんちゃんにこんな姿、ぜったいに、見せたくなかったのに。


保健室のドアには、《先生は外出中です》のプレートがかかっていた。

《なにかあったら職員室まで》の文字を当然のように無視して、かんちゃんは中に入る。そうして奥にあるベッドのところまでわたしを連れていくと、そこで放り出すようにわたしの腕を離した。

「よかったな。今倒れといて」

支えをなくした身体はあっけなくバランスを崩し、ベッドにしりもちをつく。ぎしりとスプリングが軋む。

冷たく吐き捨てられた声に顔を上げると、その声と同じだけ冷たい目が、わたしを見下ろしていた。

「これでわかったろ。柚島なんて、どうせ無理だったたって」

——柚島。

唐突に出てきたその単語に、頭の中で、なにかがカチッと合わさる音がする。

けっきょくお母さんは、昨日、柚島行きのことを誰から聞いたのかは言わなかった。わたしも突っこんでは訊ねなかった。知りたくないと、心のどこかで思ったのかもしれない。

「……かんちゃん」

だけど今、かんちゃんがそれを口にしたことが答えだった。

否応なく目の前に突きつけられた事実に、つかの間、頭の中が暗くなる。どす黒い冷たさが足首をつかんで、ゆっくりと這い上がってくる。

「やっぱり、かんちゃんが教えたの？　柚島のこと、お母さんに」

「そうだよ」

間を置かず、かんちゃんはただ苛立ちのにじむ声を投げ返すように、

「おまえが嘘なんてつくのが悪いんだろ。小賢（こざか）しいことしてんじゃねえよ。どうせバレるんだから」

「だって」

口を開くと、呼吸が少し荒くなっているのに気づいた。喉元まで上がってきた冷たさに圧迫され、息がしにくい。

「言ったら、ぜったい行かせてくれないじゃん。お母さんも、かんちゃんも」

「当たり前だろ」

膝の上でぐっと拳を握りしめたわたしに、かんちゃんのあきれた声が降ってくる。物わかりの悪い子どもに言い聞かせるみたいな、ひどくイライラとした調子で、

「おまえには無理なんだから。行ったらどうなるかわかってんだから、そりゃ止めるだろ。俺もおばさんも。おまえ、ちょっとボール蹴ってたぐらいで倒れてんじゃん。そんな身体でどうやって」

「倒れてないよ」

気づけば、わたしはかんちゃんの言葉をさえぎって声を上げていた。

のみこめない、と思った。苦しくて、喘ぐように開いた唇からは、息といっしょに震える声があふれ出ていく。

「ちょっとふらっとしただけだよ。昔みたいに、倒れたわけじゃ」

「はあ？　いっしょだろ。どうせいつもの貧血だろ」

「軽いやつだもん。これぐらいなら大丈夫なやつだよ」

「ああもう、おまえの大丈夫とかどうでもいいよ。どうせ大丈夫じゃないんだから」

どうせ。

どうでもいい。

かんちゃんの吐き捨てる言葉の端々が、鋭い棘になって胸に突き刺さる。痛みにまた息が詰まって、ぼうっと身体の底が熱くなる。

——ああ駄目だ。

思わず顔を伏せ、わたしが唇を噛みしめたとき、

「なあ、これでわかっただろ。おまえは、自分の身体のこともろくにわかってないんだよ。そんなんでいくら準備したって無理だよ。おまえがひとりでどんだけ頑張って考えようが、どうせ、なにもできるわけないんだよ」

イライラとまくし立てるかんちゃんの口調も、いつもとは調子が違った。かんちゃんも今、きっと冷静ではない。わたしたちは今お互いに、言ってはいけないことを言っている。ずっとずっとのみこんで、心の底に沈めてきた言葉を。

わかっていたけれど、どうしようもなかった。

どうせ。おまえには無理。なにもできるわけがない。

かんちゃんの言葉がひとつひとつ、頭蓋骨の裏を打ちつけるように反響する。握りしめた拳が震える。

「……やっぱり、かんちゃんは」

そうだ。本当は気づいていた。ずっと、見て見ぬ振りをしていた。

それを認めてしまったら、こんなふうにわたしは堪えきれなくなると、わかっていたから。

「そんなふうに、思ってたんだね。わたしのこと」

顔を上げると、かんちゃんはわずかに目を見開いて、わたしを見ていた。だけど否定はしなかった。してくれなかった。ただ不意を打たれたようなその沈黙が、どうしようもなく、その答えを首肯していた。

それによりいっそう、胸の奥が絞られるように痛む。辺りの空気が薄くなってしまったみたいに、息が苦しい。

「ひとりじゃなにもできないって。わたしなんか――」

わたしはもう一度唇を噛んでから、絞り出すように、

「どうせ、頑張っても無駄だって」

「だってそうだろ」

かんちゃんは眉間にしわを寄せ、苦々しく突っ返すと、

「実際できてないじゃん、おまえ。ひとりじゃなんにも」

「でも、頑張ってるじゃん」

声は、考えるより先にあふれていた。頭が締め上げられるように痛んで、思わず額

を押さえた右手が、ぐしゃりと前髪を握りしめる。口を開いた瞬間に、胸の奥にあった蓋が、はじけ飛ぶのを感じた。

「なんで認めてくれないの。わたしだって、昔からなにも変わってないわけじゃないよ。身体も昔より強くなってるし、生徒会の活動もちゃんと休まずやれてる。体育もいつもは大丈夫なんだよ。今日はたまたまちょっと調子が悪くて、でもこんなの、十回に一回ぐらいで」

「だから、十回に一回でも調子悪くなるんなら参加すんなって、俺はそう言ってんだよ、ずっと」

「なんで？　そんなこと言ってたら、わたし、これからもなんにもできないよ」

「なんにも――」

言いかけた言葉を、かんちゃんがふとのみこんだのがわかった。その表情が、かすかに苦しげに歪んだのも。わかったけれど、どうしようもなかった。いったんあふれ出したそれは、濁流みたいに容赦なく押し寄せてきて、止まらなかった。

「十回に一回体調崩すぐらい、どうってことないんだもん。それで夜に熱が出てもぜんぜんつらくない。頑張れたって証だから。それより、体育を見学してるほうがつらいの」

瞼の裏に、はじめて持久走に参加した日のことが浮かぶ。

ずっとわたしには無理だと決めつけていた持久走に、はじめて参加できた日。叫びたいぐらいにうれしかったその日のことを、わたしはかんちゃんに話さなかった。話せばなんと言われるのか、充分すぎるほどわかっていたから。

そうだ。あのときに、もう、わたしはわかっていたんだ。

かんちゃんはわたしが頑張ったことを、褒めてなんかくれない。喜んでなんか、くれない。

だって、かんちゃんは――。

「意味わかんねぇ」

短く切り捨て、かんちゃんは顔をしかめる。本当に心の底から、意味がわからないという調子で。

「なんでたかが体育で、そこまで」

「わかんないのは、かんちゃんが健康だからだよ。ずっと、当たり前みたいに体育ができてきたから」

言い返した声には、知らず知らず、憎々しげな色がにじんだ。

「はあ?」それに声を上げたかんちゃんの表情も、ますますけわしくなる。

「なんだよそれ。俺がなにをわかってないって」

「みんなを外からひとりで眺めてるとき、自分だけ、みんなと違う不良品なんだって突きつけられるあの感じとか。そんなの、かんちゃんにはぜったいわかんないよ。かんちゃんは不良品じゃないんだから」

まくし立てながら、脳裏ではさまざまな光景が短く切り替わっていく。保育園の園庭。お泊り保育へ出発するバス。体育の授業。運動会。校外学習。

みんなの笑顔を遠くから眺めているだけだった、あのときも、あのときも。

わたしがどんな気持ちだったのかなんて、かんちゃんにはぜったいにわからない。わかるわけがない。

「じゃあ、あいつは」

一瞬息を止めるような、短い沈黙のあとだった。かんちゃんはまっすぐにわたしの顔を見つめたまま、ゆっくりと口を開くと、

「樋渡は、わかってくれんのか。そういうのも、ぜんぶ」

「わかってくれるよ」

答えは、みじんの迷いもなく唇からすべり出ていた。強がりでもなんでもなく、それだけは心の底から言い切れた。

「卓くんは知ってるから。わたしの、そういう寂しさとかつらさとか。だから頑張れって言ってくれる。見守ってくれるの」

口に出したあとで、ああそうか、とわたしは胸の片隅で思う。自分の言葉に、腑に

落ちる感覚がした。

どうしてわたしが卓くんに惹かれたのか。卓くんの傍にいると心地がよいのか。今になってようやく理解できた。

「わたしを生徒会に誘ってくれたのも、卓くんなんだ。卓くんは、わたしの世界を変えてくれたの。わたしも、ひとりでできるんだって。頑張れるんだって。そんなふうに、わたしのこと、対等に見てくれるから」

そうだ、きっと本当は。

——それだけ、だったんだ。

「……なんだよ、それ」

ぼそっと、かんちゃんの低い声が落ちてくる。苦しげに、かすかに掠れた声だった。

「じゃあ俺は、おまえのこと対等に見てないって?」

「見てないよ」

耳に届いた自分の言葉に、ぎりっと心臓を捻り上げられるような感覚がする。唇が震える。

「だって、かんちゃんは」

そうだった。ずっと、ずっと気づいていた。

かんちゃんは、ずっと、

「……わたしのこと、見下してるもん」

――その瞬間、ずっと積み上げてきたなにかが、壊れる音がした。

「そういうの、わかっちゃうんだ。わたしがかわいそうだから、ずっと手助けしてくれたんだよね、かんちゃん。だけどわたしが頑張ろうとするのは気に食わない。わたしなんて、なにもできるはずないって思ってるから」

ああ、駄目だ。

わたしは今、言ってはいけないことを言っている。わかっていた。わかっていたから、今までずっとのみこんで、押しこめて、蓋をしてきた。何度も何度も、込み上げるたび押し殺すように頬の内側を噛んで、吐き出す代わりに笑顔を作って。ただ窺うように、かんちゃんの顔を見上げて。

だけど、だけど本当は。

「そういうの、しんどい。かんちゃんといると、突きつけられる気がするの。おまえはあれもできない、これもできないって。わたしがバカで弱くて駄目な人間なんだって」

――七海には無理だろ。

かんちゃんにその言葉を向けられるたび、心のどこかが死んでいくような感覚がした。

何度言われても息が詰まって、つかの間、頭の中が暗くなった。

おまえは俺とは違うんだって、そう言われているようで。見えない壁をわたしたちのあいだに作られて、それ以上わたしが近づくのを阻まれているような、そんな気がして。

だってそう告げるとき、かんちゃんはいつも、少しも迷わなかった。はじめから決まりきった答えを返すみたいに、躊躇なく口にした。

いや、みたいじゃなくて、きっとかんちゃんの中では、すでに決まりきったことだったんだ。

体育の授業も、柚島への校外学習も、サッカー部の応援も。

わたしがなにに参加したいと言っても、ずっと、かんちゃんの返す答えはひとつだった。

その言葉の裏にあるものが心配ではないと、わたしはいつから気づいていたのだろう。

かんちゃんはわたしに、一度も、『頑張れ』と言ってくれたことがない。そしてきっとこれからも。かんちゃんがわたしに、そう言ってくれることはない。

だってかんちゃんは、なんだろうと、わたしに頑張ってほしいなんて思っていない。

わたしに変わってほしいなんて思っていない。むしろ、今のまま、なにもできないままのわたしでいてほしいんだ。

気づいていた。だけどかんちゃんがそんなふうに思う理由が、わたしにはわからなかった。わからなかったから、今まではずっと見て見ぬ振りができた。

だけど今、急にコインが反転したように、理解できた。できてしまった。

そうだ、かんちゃんは。

「かんちゃんは、こんなわたしを見てると安心したの。身体もポンコツで、頭も悪くて、ひとりじゃなにもできない、こんな女が近くにいたら、気持ちよかったんだよ」

自分の口にした言葉がすとんと胸に収まって、直後、そこからズタズタに引き裂かれていくような感覚がした。

痛みに顔が歪む。息が詰まる。

「だから」それでも唇からは、追い打ちをかけるように言葉があふれ出た。

「わたしが頑張ろうとしても、応援してくれない。わたしに変わってほしくないから。見下して、優越感に浸れるような、いつまでもそんな存在でいてほしかったから。だから――」

続けようとした言葉が、そこで途切れた。

ふいに肩に走った痛みに、息が止まる。

かんちゃんがわたしの肩をつかんでいた。鎖骨(さこつ)が軋みそうなその強い力とは裏腹に、見上げたかんちゃんの表情は、ひどく頼りなかった。途方に暮れた子どもみたいに、呆然(ぼうぜん)と見開かれた目がわたしを見ている。

「……わたしは」

彼のそんな表情を見るのははじめてだった。胸が軋む。わたしまで途方に暮れた気分になって、泣きたくなる。喉が震え、目の奥が熱くなる。

「かんちゃんと、対等になりたかったよ。ずっと。もっと」

目を伏せると、こぼれた涙が手の甲に落ちた。

「……ふつうの、幼なじみに」

息を絞り出すように、声を落とした直後だった。

ひゅっと喉が引きつった。上から思いきり胸を押さえつけられたみたいだった。一瞬で、わたしは呼吸の仕方を忘れた。空気を求めて口を開けても、なにも吸えない。どくどくどくと駆け足になった鼓動だけが、耳元で響く。指先が痺れる。冷たい汗がこめかみを伝う。

七海、とわたしを呼ぶかんちゃんの声が、ひどく遠くに聞こえた。

パニックになり、もがくように胸のあたりをぎゅっと握りしめたときだった。

ふっと温かいなにかに包まれ、視界が暗くなった。「七海」と耳元で声がする。

背中と後頭部に触れた手がゆっくりと動き、抱きしめられているのだと一拍遅れて気づいた。

「大丈夫だから。ゆっくり息吸って」

卓くんの声だと、霞のかかったような意識でぼんやりと知覚する。

「大丈夫」と落ち着いた声で繰り返しながら、その手はわたしの背中を優しく撫でる。

「手に合わせて、ゆっくり息して」

はっはっ、と荒い呼吸を繰り返しながら、わたしは夢中で卓くんのジャージの裾をつかんでいた。そうして必死に、言われたとおりに息を吸った。苦しさににじんだ涙が、頬に落ちる。

そうしているうちに、あるときふっと、空気が喉を通り抜けた。途端、安堵が全身を駆ける。強張っていた身体から力が抜け、荒かった呼吸が落ち着いてくる。

それからどれぐらい時間が経ったのかは、よくわからなかった。

そのまま卓くんはわたしの呼吸が完全に落ち着くまで、ずっと背中を撫でていてくれた。そのあいだに保健室の先生が戻ってきて、卓くんと少し言葉を交わしたりもしていた。なにがあったのかとか、もう大丈夫なのかとか。わたしはぼんやりとした意識で、先生に事情を説明する卓くんの声を聞いていた。

かんちゃんの声が聞こえないことに気づいたのは、卓くんの説明を受けた先生が、ふたたび保健室を出ていったあとだった。

まだ少し肩を揺らしながらゆっくりと顔を上げると、ベッドの前に、かんちゃんの姿はなかった。はっとして保健室の中を見渡したけれど、かんちゃんはもう、どこにもいなかった。

代わりに見つけたのは、入り口の前に立っているひとりの女の子だった。

彼女もこちらを見ていて、視線がぶつかる。え、と胸の中に声が落ちる。

坂下さんだった。

たまたま彼女が保健室に用があってやってきたわけではないのは、すぐにわかった。わたしと目が合っても、坂下さんは視線を逸らさなかった。その場に立ちつくしたまま、じっとわたしを見つめ続けた。なにかに耐えるように、軽く唇を噛んで。

その苦しげな表情が、ふっとさっき見たかんちゃんの表情と重なったとき、

「——七海さん」

坂下さんがふいに口を開き、わたしの名前を呼んだ。

まさか彼女がわたしの名前を知っているとは思わなくて、え、とわたしが軽く驚いていたら、

「ひどいこと言いますね」

続いた平坦な声に、息が止まった。

「なんでそんなこと、今更言うんですか」

間を置かず投げられた言葉にも、まっすぐにわたしを見据える彼女の目にも、はっきりとした敵意があった。

こんなにも真正面から、誰かに敵意を向けられたのははじめてだった。

わたしがそれに呆然としているあいだに、坂下さんはこちらへ歩み寄りながら、

「嫌だったなら、もっと早く言えばよかったのに。土屋くんだって、七海さんのためにいろんなこと犠牲にしてきたんじゃないんですか。七海さんだってそれに助けられてきたことも、いっぱいあるんじゃないですか。助けられてたから、今までなにも言わなかったんじゃないんですか。これからも土屋くんに助けてほしかったから、守ってほしかったから、それに甘えるためにずっと、あえてのみこんできたんじゃないんですか」

一息にまくし立てた坂下さんの声は、鼓膜を打ちつけるように響いた。

頭を殴られたみたいに、視界が揺れる。表情が凍りつく。

呆然とするわたしの横で、「坂下さん」と卓くんがなにか言いかけたのがわかった。だけど坂下さんは聞かなかった。卓くんのほうを一瞥すらせず、わたしの顔を睨むように見据えたまま、

「それを今になって、あれも嫌だったこれも嫌だったって。そんなのずるいですよ。

土屋くんだって一生懸命だったんです。七海さんのこと、本当に大事に思ってたんです。七海さんはその気持ちに甘えてきたくせに、自分を守ってくれる優しい彼氏ができた途端、もういらないから簡単に切り捨てるんですか。そんなのひどいです。あんまりです。土屋くんの気持ちも、もっと、考えてあげてください」

息が、できなかった。

目の前で頬を紅潮させる坂下さんの顔を、わたしはただ呆けたように見ていた。きれいに整ったその顔が苦々しく歪むのを、呼吸も忘れて見つめていた。

ずるい。坂下さんにぶつけられた言葉が、頭の奥で反響する。頭蓋骨を内側から押し上げる。

もっと早く言えばよかったのに。

これからも助けてほしかったから。守ってほしかったから。

それに甘えるために、ずっと。

──ああ本当だ、と思う。

わたしはかんちゃんに嫌われたくなかった。かんちゃんに嫌われると困るから。ひとりではなにもできないわたしは、かんちゃんに傍にいてもらわなければ、かんちゃんに助けてもらわなければ生きていけないと、そう思っていたから。

だからなにも言えなかった。のみこんで、押しこめてきた。それがいちばんいいと思っていた。わたしができるだけ平穏に、楽に生きていくためにいくためだ。

それを今更言えるようになったのも、たしかに今、卓くんがいてくれるからだ。卓くんが教えてくれたから。わたしの目に映る世界を、変えてくれたから。

だからどうしようもなく、坂下さんの言うことは正しい。

わたしはずるい。こうなったのはぜんぶ、わたしが弱くてずるかったから。

頭の片隅では冷静にそう自覚するわたしも、たしかにいた。だけどそう理解する頭とはべつのところで、ひどく聞き分けのない怒りがふくらむのも、どうしようもなかった。

わたしを睨みつける坂下さんの目を、わたしもまっすぐに見つめ返す。なんの迷いもない目。自分の正しさをみじんも疑わないようなその目に、よりいっそう、お腹の底から熱いものが噴き上げる。

わかっている。坂下さんの言うことは正しい。だけど、ただ。

ただ、どうしようもなく、

「坂下さんには、言われたくない……」

「え？」

「人の彼氏に平気で手を出すような人に！　言われたくないんですけど！」

せり上がってきた熱さに押されるまま口を開いたら、お腹の底から声が出た。

はじめて聞くような自分の声だった。

驚いたように、坂下さんが目を見張る。ついでにその横で卓くんも驚いた顔をしていたけれど、今は気にする余裕なんてなかった。

「なんなの、ずっと、毎日毎日っ」

思えば坂下さんと面と向かうのは、これがはじめてだった。だから今はじめて、わたしは坂下さんの顔を真正面からちゃんと見た気がした。

ああ同じなんだ。唐突に実感する。

今まではずっと、なにもかもがわたしとは遠すぎて、どこか現実味のない存在だと感じていた。だから理解できなくても仕方がないと、心のどこかで諦める気持ちにもなっていた。彼女の行動がどれだけ不快で、腹立たしくても。

だけど今、目の前で歪む坂下さんの表情は、わたしとなんら変わらない、ふつうの女の子に見えた。

——わたしと同じ、ふつうの。

そう実感した途端、ずっと彼女にぶつけたかった言葉が、いっきに胸の奥から放出する。この数週間、胸の底に沈殿し、凝縮していた真っ黒な感情が。

「どういうつもりなの、いつも。堂々と卓くんにベタベタしないでよ。卓くんはわたしと付き合ってるんだよ。坂下さん知ってるんだよね。知っててあんなことしてるんだよね。わたしからなら簡単に奪えるって、どうせ、そう思ってるんでしょ」

瞼の裏に、毎日教室で遠目に眺めていた光景が弾ける。一直線に卓くんのもとへ歩み寄り、笑顔で彼に声をかける坂下さんが。毎日叫びたいほどに嫌でたまらなかった、その姿が。

「ねえ、なんで卓くんなの」

絞り出したのは、それを見ながら毎日、わたしが心の中で叫んでいた言葉。

「坂下さん、かわいくて頭も良くて健康で、なんでも持ってるのに。わたしの欲しいもの、ぜんぶ、ぜんぶ持ってるのに。わざわざ卓くんじゃなくてもいいじゃん。ねえ、卓くんまでとらないでよ。わたしの大事なものまで、とらないで」

語尾が情けなく震えてしまったのが、悔しかった。目の奥が熱くなる。ぐっと膝の上で拳を握りしめ、顔を伏せる。

坂下さんは黙っていた。身じろぎひとつせず、ただじっとわたしの言葉を聞いていた。

自分がとてつもなく恥ずかしいことを口走ってしまったのは、わかっていた。だけど堪えきれなかった。たぶん今日は、感情の栓(せん)がバカになっている。堰(せき)を切ったように言葉があふれてきて、止められない。

今更だけれどせめて涙ぐらいは我慢したくて、わたしが唇を強く噛みしめていたと

き、

「……七海さんだって」

　ぽつんと、こぼれ落ちるように坂下さんが口を開いた。

　さっきまでの強さがいくらか剥がれ落ちたような、少し頼りない声で。

「持ってます。わたしの、死ぬほど欲しいもの」

「……え」

「だいたい樋渡くん、わたしのことなんてぜんぜん眼中にないじゃないですか。樋渡くんの好みに合わせて、わたし、髪まで黒く染めたのに。最初からずっと、七海さんしか見てない。みんなそうです。だから許せなかったんです。いらないなら、ちゃんと捨ててください。中途半端にしないで、前に進めるように、ちゃんと解放してあげて。……お願いだから」

　顔を上げると、なにか苦いものを飲み込んだような表情で、坂下さんがわたしを見ていた。

　目が合うと、その顔が泣き出しそうにぐしゃりと歪む。ほんの一瞬、大人びた彼女の顔がまるで子どもみたいに見えて、そのとき、わたしは唐突に気づいた。不思議なほどはっきりと、理解できた。

　昨日見た、かんちゃんといっしょに歩く坂下さんの姿を思い出す。

あのときの彼女の笑顔がひどく自然だったことに今更ながら気づいて、ああそうか、と思う。気づきが確信になって、胸に下りてくる。

――本当は、卓くんじゃないんだ。

なのになにがどうなって坂下さんが卓くんに接近しているのかはさっぱりわからないけれど、とにかく。

きっと卓くんじゃない。坂下さんが本当に大事に思っているのは。

本当に欲しいのは、きっと――。

少しして、坂下さんははっとしたように、後悔した顔つきになった。さっきのわたしみたいに、恥ずかしいことを口走ってしまったと気づいたように。

勢いよく顔を伏せた坂下さんは、無言でくるりと踵を返す。そうしてあとは一度もこちらを振り向くことなく、足早に保健室を出ていった。

わたしもなにも言えないまま、ただ、そんな彼女の後ろ姿を見送っていた。

保健室を出た坂下さんがどこへ向かったのか。なぜだか、妙にはっきりと察しがついた。

きっと坂下さんは、かんちゃんを追いかける。追いかけて、くれる。

そう確信を持って思えて、そのことにふと、強い安堵が込み上げたとき、

「ごめん七海」

「へっ」

ふいに隣から卓くんの声がして、思わず間抜けな声が漏れた。

驚いて振り向くと、卓くんはなんだか神妙な顔をしてわたしを見ていた。そうして心底申し訳なさそうな、眉尻を下げた表情で、

「七海がそんなに嫌がってるって、わかってなくて」

「え、なにが……」

「坂下さんのこと」

そこまで聞いて、わたしはようやく思い当たる。

わたしがさっき夢中で口走っていた、恥ずかしい台詞。それは当然、横にいた卓くんにも聞かれていたのだと、そんな当たり前のことに今更気づき、かっと火がついたみたいに顔が熱くなる。

「あっ、い、いや、あのっ」今度はべつの意味で焼けるような恥ずかしさに襲われ、わたしはあわてて口を開くと、

「違うの！　卓くんが悪いわけじゃ……さっきのは、つい、かっとなっちゃっただけで」

「いや、俺が無神経だった。そりゃ嫌だよね。俺も、七海が誰か他の男子と毎日毎日

休み時間のたびにしゃべってたら嫌だろうし。ごめん」

卓くんに真剣なトーンで謝られ、わたしは頭を抱えこみたくなる。

「う、ううんっ」とぶんぶん首を横に振りながら、

「わたしがちゃんと、言わなかったのが悪いし……！」

そう重ねたあとで、自分の口にした言葉に、ふと息が詰まった。

──もっと早く、言えばよかったのに。

坂下さんの声がまた、耳の奥によみがえってくる。鼓膜を叩きつけるような強さで。

それにあらためて胸を貫かれるのを感じ、わたしが思わず言葉に詰まったとき、

「……ねえ、七海は」

短い沈黙を挟んだあとで、ふと、卓くんが口を開いた。

「なんでそんなに、柚島に行きたかったの？」

「え」

急に変わった話題に、困惑して顔を上げる。

卓くんはわたしの顔ではなく、保健室のドアのほうを見ていた。

ついさっき坂下さんが、そしておそらく少し前には、かんちゃんが出ていったのだろうドアを。遠くを見るような目で見つめる卓くんの表情は、なにか薄々察しがついているように見えた。

――なんで。戸惑いながら、わたしは卓くんの言葉を反芻する。

答えなら、とくに探すまでもなく手元にある。

ずっと行けなかったから。保育園のお泊り保育でも、小学校の校外学習でも。みんなが楽しそうに向かったその場所に、わたしだけ、置いていかれたから。

そう胸の中で復唱してみて、だけど、と声が続く。

そんな場所、他にもたくさんあった。小学校での林間学校も修学旅行も。例のごとく、わたしはぜんぶ行けなかったはずなのに。

そのときのことはもう、わたしの記憶にはない。行けなくて泣いたのか、どんな気持ちでひとり家で過ごしていたのか。そもそも、林間学校や修学旅行ではみんながどこへ行ったのかすらも。わたしはなにひとつ、覚えていない。

覚えているのは、お泊り保育の日の朝、お母さんの腕の中から見た、バスに乗り込むかんちゃんの後ろ姿と。

――無理だろ、七海は。

数年後に、校外学習の行き先が柚島と知って浮かれていたわたしに、かんちゃんが告げた、みじんも迷いのない否定の言葉。

強烈に記憶にこびりついて消えなかったのは、ずっと、ただそれだけだった。

……ああ、そうか。

気づいたとき、わたしはようやく理解した。答えがすとんと胸に落ちてきて、収まった。

十年間も、わたしが柚島のことだけ引きずり続けていた理由。

わたしが悲しかったのは、柚島に行けなかったことじゃない。

十年間、わたしがずっと引きずり続けていたものは。

わたしが、許せなかったのは。嫌いだったのは、ずっと――。

「……卓くん、ごめん」

今更見つけた答えに、なんだか途方に暮れた気分になる。うつむいて、わたしはぽつんと声をこぼすと、

「わたし、やっぱり柚島に行きたい。どうしても」

「うん。行こう」

唐突なわたしの言葉にも、卓くんは間を置くことなくはっきりとした声で頷いて、

「もし、七海が行けなくなった理由がお母さんたちに反対されたとかなら、俺もいっしょに話しにいく。納得してもらえるまで。俺もいっしょに頑張るから」

柚島に行けなくなった理由については話せずにいたのに、わたしがなにも言わずとも、卓くんは察していたらしい。

力強い口調でそう言った卓くんは、顔を上げたわたしの目を、まっすぐに見つめて、

「俺も、七海と柚島に行きたい。……どうしても」

その真剣なまなざしは、卓くんもなにかを理解しているように見えた。

第六章　きっと、初恋だった

次にかんちゃんと顔を合わせたのは、翌朝。わたしの家の前でだった。

「おはよ」

いってきます、と告げて開けた玄関ドアの向こう。すぐに見つけたその姿に、わたしは目を見開く。

かんちゃんがいた。門の傍に、鞄を肩にかけて立っていた。

驚いてその場に立ちつくしてしまったわたしに、かんちゃんはどこかぎこちなく、短い挨拶をして、

「いっしょに学校行ってもいい？」

「うん。……もちろん」

ほんの少し緊張の交じる声だった。それにつられるよう、わたしもちょっと緊張しながら頷く。そうして街路樹の揺れる細い道を、かんちゃんと並んで歩き出した。

いつ以来だろう。歩きながら、わたしはぼんやりと思う。

思い出そうとしたけれど、わからなかった。

小学校の頃は毎日、かんちゃんといっしょに歩いていた道。中学校に上がってかんちゃんが部活に入ってからはめっきり頻度が減って、高校に上がってからはほとんど、いっしょに歩くことはなくなった。

考えていたら、ふっと感傷が胸に湧いて、

「なんか、久しぶりだね」

それはそのまま、声になってこぼれていた。なつかしさに、思わず目を細めながら、

「この道、かんちゃんといっしょに歩くの」

「そうだっけ」

「そうだよ。高校生になってからは、いっしょに学校行くときも、駅で会う感じだったでしょ」

「そういえば、そっか」

小学校の頃は、かんちゃんが毎朝、わたしを家まで迎えにきてくれていたことを思い出す。ちょうど今日みたいに。玄関のドアを開けるといつも、家の前にはかんちゃんがいた。

ふとなつかしくなって、わたしがその話をすると、

「あの頃は、おまえがちゃんと無事に学校までたどり着けるか心配だったから」

からかうような口調でかんちゃんが言って、わたしは笑った。だけど笑い声は、底がついたみたいにすぐに途切れた。なぜだか、それ以上はうまく笑えなかった。

――あの頃はそれを、当たり前だと思っていた。

かんちゃんがわたしを待っていてくれることも、かんちゃんがわたしの歩幅に合わせて、隣を歩いてくれることも。

ずっと変わらないと、無邪気に信じていた。

「……かんちゃん」

「ん？」

「昨日はごめんね」

交差点にかかる横断歩道の前で、足を止めたとき。わたしは肩にかけていた鞄の紐をぎゅっと握りしめながら、声をこぼした。

かんちゃんがわたしのほうを見るのがわかった。だけどわたしはかんちゃんの顔を見る勇気がなくて、うつむいたまま、じっと自分の足元を見つめていた。

「……いや」

短い沈黙のあとで、かんちゃんは乾いた声を押し出すように、

「俺も、ごめん」

「ううん、先に言い出したのはわたしで」

「昨日のことだけじゃなくて」

「え」

「今まで、ずっと、ごめん」

絞り出すような声に、わたしは顔を上げ、かんちゃんのほうを見た。

なにが、と訊き返そうとした。けれどちょうどそのとき、信号が青に変わった。

周りの人たちがいっせいに動き出し、その流れに押されるよう、わたしたちも足を進める。

「柚島のこと」

そうして横断歩道を渡り終えたところで、かんちゃんはまた口を開くと、

「ごめん。俺がおばさんにバラした。七海が嘘ついて、樋渡と柚島に行こうとしてるって」

「……うん」

昨日は頭の中が真っ暗になってしまうぐらいショックだったその事実を、今はひどく落ち着いて受け止めていた。動揺でなにも見えなくなっていたものが、今なら見える。

かんちゃんにはきっと、悪意があったわけではなくて。

「わたしには、無理だと思ったからでしょ。わたしのこと、心配してくれて」

「違う」

考えを整理するように並べたわたしの言葉は、だけど即座に、かんちゃんから否定された。

「俺は、ただ」

かんちゃんは顔を伏せると、ひどく苦いものを吐き出すように、

「七海が俺から離れていくのが、嫌だっただけで」

鼓膜を揺らしたその言葉の意味を、わたしは咄嗟に理解できなかった。

反応が追いつかず、呆けたようにかんちゃんの顔を見つめる。

そのとき、かんちゃんがふいにわたしの腕をつかんだ。軽く引っ張られ、よろめくように二、三歩かんちゃんのほうへ近づく。直後、わたしの横を自転車が勢いよく走り抜けていった。

わ、と思わず声が漏れる。

「あ、ありがとう。かんちゃん」

急に現れた自転車に驚きながら、わたしはちょっと上擦る声でお礼を言った。

普段からぼうっとしているらしいわたしは、よく、後ろから近づいてくる人や自転車に気づかない。そのたび、いつもこんなふうにかんちゃんが教えてくれた。小学校の頃から、もう何度も。

思い出したら、ふいに胸が詰まった。鼻の奥がつんと熱くなる。

そのまま瞼の裏にまで広がりかけた熱をあわてて振り払うように、わたしはかんちゃんの顔を見上げた。そうしてもう一度、「ありがとう」と繰り返しかけたとき。

呼吸が、止まった。

「……俺さ」

こちらを見つめるかんちゃんの顔も、まるで、今にも泣き出しそうに歪んでいたから。

「七海が好きだった」

ひどく単純なはずのその言葉の意味が、一瞬わからなかった。

目を見開く。世界から音が消える。

「ずっと」呆然とかんちゃんの顔を見つめるわたしに、かんちゃんはゆっくりと、言葉を重ねる。

「たぶん、保育園の頃から」

かんちゃんも、わたしの顔から目を逸らさなかった。苦しげに眉を寄せ、それでも必死に、逸らさないようにしているように見えた。

だからわたしも、逸らせなかった。絞り出すように言葉を続けるかんちゃんの顔を、ただじっと、見つめていた。

「だからずっと、俺が七海を助けたかった。助けさせてほしかった。そのために、七海には変わらないでほしかった。ずっと、なにもできない、かわいそうなやつのままで。俺に七海を、守らせてほしかったんだよ。これからもずっと。ぜんぶ、そんな、俺のわがままで」

だから、と重ねた声が、かすかに掠れる。

「ごめん。七海の言うように、俺はおまえを応援なんてしたくなかった。七海がなにをしたいのかとか、どうなりたいのかなんてどうでもよくて、ただ、俺のためにずっと昔のままでいてほしかった。俺を頼ってくれる、弱い七海のままで」

ごめん。

繰り返して、かんちゃんがわたしの腕を放す。同時に、かんちゃんの視線がふっと下へ落ちた。

つられるように、わたしも自分の腕へ目を落とす。まだそこに、かんちゃんの手の感触が残っている気がして。

目を伏せると、瞼の裏には、保育園の教室が浮かんだ。

──ななみちゃん。

園庭で遊ぶみんなの中に入れず、ひとり教室に残っていたわたしの手を、はじめてかんちゃんが引いてくれた。いっしょにお絵描きをしよう、と言ってくれた。

その日からずっと、わたしの傍にはかんちゃんがいた。わたしといっしょに、お絵描きをしてくれた。当たり前みたいに、ずっと。ずっと。

だけど。

「……かんちゃんは」

本当は、知っていた。

「お絵描き、本当は好きじゃなかったんだよね」

思い出す。外から聞こえてきた歓声に、ぱっとかんちゃんが画用紙から顔を上げ、窓の外を見たこと。変なセミがいた、とみんなが騒ぐ園庭のほうを、眩しそうに眺めていたこと。だけどすぐにはっとしたようにわたしの顔へ視線を戻し、わたしがなにか言うより先に、セミなんてきょうみない、とぶっきらぼうに言い捨て、またお絵描きを再開したこと。

「……は、お絵描き？」

「本当は、外で遊ぶほうが好きだったんでしょ。鬼ごっことかサッカーとか。だけど我慢して、わたしといっしょにお絵描きしてくれてたの。わたしがひとりで寂しくないように」

そのあとかんちゃんは、こっそり友だちのところへ行って、その子が捕まえたセミを見せてもらっていた。すげえ、と目を輝かせて、弾んだ声を上げて。

「……知ってたよ、わたし」

そのときのかんちゃんの、心底楽しそうな笑顔も。それでもまたすぐにわたしのもとへ戻ってきて、クレヨンを手に取ってくれたことも。

わたしはずっと、覚えていた。

「……違う」

だけどかんちゃんは自嘲するように小さく笑って、またわたしの言葉を否定する。

「それだって、七海のためじゃなかった。ただ俺が、七海といっしょにいたかっただけで」

「うん、それでも」

わたしはそれが悲しくて、さえぎるように声を上げた。

かんちゃんが、どう思っていたとしても。なにを考えていたのだとしても、ただ。

「わたし、知ってたよ。かんちゃんがいつも、わたしのこと心配してくれてたのも、大事に思ってくれてたのも。うれしかったよ。かんちゃんがわたしにしてくれたこと、ぜんぶ」

そうだった。知っていた。うれしかった。

自分の言葉を確認するように胸の中でなぞりながら、「だから」とわたしは続ける。

顔を上げ、まっすぐにかんちゃんを見る。

「いつの間にかそれに甘えてた、わたし。かんちゃんといっしょだと、弱いままでいられたから。なんにもできない駄目なわたしでも、許してもらえたから。だからこのままだと、わたし、かんちゃんに依存しちゃいそうで。かんちゃんがいないと、なんにもできなくなりそうで」

それでもいいんじゃないかって、昔は思っていた。かんちゃんに頼って、かんちゃんの言うことを聞いて、そうやってかんちゃんに甘えて生きていけば。こんなポンコツなわたしは、そんなふうにして生きていくのがいちばん安心だし、楽なんじゃないかって。

だけど、やっぱり、

「——だけどそんなの、嫌だったの」

卓くんに出会って、気づいた。わたしがずっと、望んでいたこと。欲しかったもの。

「わたしも強くなりたかった。かんちゃんに手を引いてもらうばっかりじゃなくて、並んで歩きたかった。でもわたし、こんなんだから。身体もポンコツだし頭も悪いし、かんちゃんと並ぶなんてそんなの、わたしには無理なんじゃないかって」

かんちゃんはただじっと、わたしの言葉を聞いていた。

どこか痛みを堪えるような表情で、それでも目は逸らさずに。

「でもね」

その真摯さに、ずっと喉につかえていた言葉が、するりとすべり出ていく。

「チョークをね」

「……チョーク？」

「うん。授業で、黒板に書くときに使うチョーク。あれ、短くなると書きづらいでしょ」

唐突に変わった話題に困惑したように、はあ、とかんちゃんが相槌を打つ。

かまわず、わたしは口元に穏やかな笑みが浮かぶのを感じながら、続けた。

「だから短くなってるのに気づいたら、わたしが新しいチョークを補充するようにしてたの。授業の前とか、掃除のときとか。そうしたらね、卓くんがそれに気づいてくれて。こういう細かいところに気がつくの、すごい、って」

思い出すと照れくさくなってきて、わたしは指先で頬を掻く。

そんな会話を交わしているうちに駅に着いて、わたしたちは順に改札を抜けると、

「……おまえ、そんなことしてたんだ」

ぼそっとかんちゃんからそんな言葉が返ってきて、「そうだよ」とわたしは微笑んだ。

「実は中学校の頃からずうっと。知らなかったでしょ?」

「知らなかった」

ちょっと拗ねたような声色で言ってみると、なんとなくバツが悪そうにかんちゃんが目を伏せる。

かんちゃんが気づいていないのは知っていた。かんちゃんだけでなく、友だちもクラスメイトの誰も。べつにそれでいいと思って続けていたはずなのに、本当は気づいてほしかったのだと、わたしは今になって強く自覚する。

クラスのみんなは気づいてくれなくても、せめて、かんちゃんにだけは。

「そういうところがね」

話しているうちに、ホームに電車がやってきた。目の前で開いたドアに乗りこみ、ドアの側に向かい合って立ったところで、わたしはまた、途切れた会話の続きを再開する。

「生徒会に向いてるんじゃないかって、卓くんは言ってくれたの。それまで、わたしが生徒会に入れるなんて一度も考えたこともなかったから、すごくびっくりして、でも……すっごく、すっごくうれしくて」

今更かんちゃんにこんな話をしているのが、なんだか不思議だった。

かんちゃんはきっと興味がないからと決めつけて、なにも話さずにいたことに、ちりっとした後悔が湧く。

かんちゃんは今、聞いてくれている。真剣な表情で、まっすぐにわたしの顔を見て。

そんな彼の態度に、もっと早く話していればと、昨日から何度考えたかわからないたられればが、またよぎる。だけど同時に、仕方がなかったのだと、心の片隅では納得するような気持ちも生まれている。

だって今、わたしがこんなふうにかんちゃんと向き合えているのは、きっと。

「わたしも頑張ってみようって、そのとき思えたんだ。頑張れる気がしたの。強くなれそうな気がしたんだ。卓くんがいてくれたら」

「……強くなったよ、七海は」

ぽろっとこぼれ落ちるように、かんちゃんが言った。

小さな声だったのに、それは不思議なほどくっきりと、鼓膜を揺らした。

ゆっくりと胸に落ちてきたその言葉に、じわりと温かさが広がる。頬がゆるむ。

「ありがとう」とわたしは噛みしめるように笑って、

「かんちゃんも」

「え」

「変わったよね、なんだか」

「……俺？」

怪訝そうに眉を寄せるかんちゃんに、うん、とわたしは笑顔のまま頷いて、

「ひょっとして、あの子の影響なのかな？」

言いながら、胸の前で小さく指先を動かし、横を指した。

電車に乗りこんだときから、気づいていた。同じ車両の二つ先のドアの前。見知った女の子が乗っていて、ちらちらとこちらへ視線を寄越していたこと。

わたしの指さしたほうへ目を向けたかんちゃんも、すぐに気づいたみたいだった。

軽く目を見張ったあとで、ふっと苦笑するように表情を崩して、

「……下手くそ」

「え、なに？」

「いや、独り言」

あきれたように呟いたかんちゃんの表情は、だけどとてもやわらかくて、わたしはそれを見ただけで、なにかを悟った気がした。昨日見た坂下さんの必死な顔が、瞼の裏に浮かぶ。

「……実はね」少し迷ったあとで、わたしは口を開くと、

「昨日ね、ちょっと怒られちゃったんだ。坂下さんに」

「怒られた？」

「うん。かんちゃんがいなくなったあと。かんちゃんの気持ち、もっと考えてあげてって。かんちゃんだって一生懸命だったんだからって」

「……あいつそんなこと言ったのか」

呟いたかんちゃんは、また坂下さんのほうを見ていた。目を細め、口元に小さく笑みを浮かべて。その表情がはっとするほど優しくて、一瞬、胸の奥が淡く軋む。

それを見ない振りをしながら、わたしは、うん、と明るく相槌を打つと、

「坂下さんて、かんちゃんのこと、すごく大事に思ってくれてるみたいだよ」

「うん。……知ってる」

なにかを確認するように頷いて、かんちゃんは一瞬だけ目を伏せた。

それからすぐに、またわたしの顔へ視線を戻し、

「なあ」

「うん？」

「あいつのところ、行ってきてもいい？」

その言葉はふたつの意味を含んでいるように、わたしは聞こえた。

「……いいよ、もちろん」それにまた痛んだ胸を見ない振りをして、わたしは笑う。

どうかうまく笑えていますように、と願う。

「行ってきて。友だちなんでしょ、坂下さん」

「うん。……なあ、七海」

「ん？」

「ちゃんと、樋渡のことつかまえとけよ」

唐突な言葉に一瞬きょとんとしたあとで、すぐに気づいた。

ああ、と呟いてから、わたしは力強く拳を握ってみせると、

「大丈夫だよ！　どんなに坂下さんが狙ってたって、ぜったい卓くんは渡さないから。

わたしだって、やるときはやるんだから」

「うん」

「だから心配しないで。わたしも、頑張るから」

うん、と笑ったかんちゃんの笑顔も、どこか不格好だった。泣き出しそうなのを堪えるような、途方に暮れたような、そんな顔でわたしを見て、

「頑張れ」

そう言ってくれたかんちゃんの声は、今まで聞いたかんちゃんのどんな言葉よりもいちばん優しく耳に響いて、そして気づいた。

わたしはずっと、かんちゃんに、そう言ってほしかったんだって。


かんちゃんが坂下さんのもとへ歩いていくのを見送ったところで、電車が駅に止まった。

ドアが開く。スーツを着たサラリーマンに混ざり、同じ制服を着た高校生たちも、何人か乗ってくる。

わたしたちの高校の最寄り駅は、このもうひとつ先だ。

だけど気づけば、わたしは開いたドアから飛び出すように、電車を降りていた。

背後でドアが閉まり、電車が動き出す。かんちゃんが気づかなかったことを祈りながら、はじめて降りたその駅のホームで、電車が去るのを待つ。

ひとりきりになった途端、痛みははっきりとした輪郭をもって胸に届いた。

一気に喉元までせり上がったそれに、息が詰まる。喉の奥が熱い。息を吸おうとしたら喉が引きつって、変な声が漏れた。

気づけばそれは嗚咽になっていて、わたしは崩れるようにしゃがみこむ。うつむくと、涙がコンクリートにぼたぼたと落ちた。

電車が行ったばかりの小さな駅のホームに、ひとけはなかった。無人駅らしく、駅員さんも誰もいなかった。だからわたしはそのまま嗚咽も堪えず、思いきり泣いた。

——好きだった。

さっきかんちゃんが向けてくれた言葉を、舌の上でなぞる。

——ずっと。たぶん、保育園の頃から。

そうしてそのたび、あの日の保育園の教室が瞼の裏に浮かぶ。

こんどいっしょに行こう、と。そう言ってわたしに柚島の海を描いてくれた、あの日のかんちゃんが。

——ななみちゃんが、もうすこしげんきになったら。いっしょにゆずしまにいって、うみであそぼう。

ひとりだけ置いていかれたと、絶望していたあのとき。その言葉に、わたしがどれだけ救われたかなんてわからない。

それからずっと覚えていた。あの日のかんちゃんの笑顔も、声も、ぜんぶ。わたしの、すべてになるぐらいに。

だから。

そう、だから。

――無理だろ、七海は。

数年後に向けられたその言葉が、許せなかった。

拒絶された、と思った。かんちゃんに。柚島行きじゃなくて、この先、わたしと並んで歩いていくことを。

そう思ったとき、大嫌いになった。

かんちゃんからそんなふうに言われてしまう、不甲斐ない自分が。

かんちゃんといっしょに歩けない、どこまでも弱くて駄目な自分が。

悲しくて悔しくて、見返してやりたいと、たぶんその頃から胸の底でそんな気持ちが生まれていた。自分でも気づかないぐらい、うんと奥のほうで。だけど頑として動くことなく、いつだってそこに横たわっていた。

体育の授業に参加したときも。生徒会に入ったときも。卓くんと柚島へ行く計画を立てていたときも。

わたしにはこんなこともできるんだって。わたしでも、こんなに、頑張れるんだって。

教えたかった。見せつけたかった。わたしといっしょに歩いてくれなかった、彼に。

そうすれば、わたしはわたしを、好きになれそうな気がして。

好きだった。

何度目かなぞったその言葉は、わたしの声になって響いた。

本当に、好きだった。

あの日の笑顔も声もぜんぶ。宝物だった。十年間、あきれるぐらいにずっと。ずっとわたしの中には、かんちゃんがいた。

あの日から色合いや手触りはだいぶ変わってしまったけれど、それでも。

――きっと、わたしの初恋だった。

エピローグ

世界でいちばん遠いような気がしていたその場所は、拍子抜けするほど、あっけなく到着した。電車を乗り換える必要もなかったので、けっきょく、二時間もかからなかった。

駅に降りると、はじめて嗅ぐ潮の匂いが鼻腔をくすぐる。

まだ海は遠いのに、その匂いは他のどんな匂いよりも濃く、辺りに漂っていた。

前を見ると水平線がもう視界に見えていて、胸が高鳴る。まずは砂浜へ行きたいというわたしの言葉に、卓くんは頷いてくれた。ふたりで駅を出て、海のほうへ歩き出す。

「あの、卓くん」

「うん？」

空は少し曇っていて、風があった。

わたしは日傘を差すのをやめ、卓くんと手をつないで歩きながら、

「最近、坂下さん、どう？」

ふと気になったことをそのまま口にしたら、変な言い回しになってしまった。

それでも卓くんは、わたしの訊きたいことを察してくれたようで、

「最近はあんまり話してないよ。教科書借りにくることもなくなったし」

「そっか」

「むしろ最近は、土屋とよくいっしょにいるよね、坂下さん」

「……うん。そうだね」

　知っていた。わたしも、何度か見かけていた。

　いちばん最近見たのは、先週、職員室の近くを通りがかったとき。成績表の貼られた掲示板の前で、ふたりがしゃべっていた。

　結果はかんちゃんが一位で、坂下さんが二位だったみたいで、

『あー、実は私、テストの日風邪気味だったんですよ。だからぜんぜん本調子じゃなくて』

『え、なにその言い訳。だっさ。つーか、風邪ひいてたのは俺もいっしょだから。季帆のせいで』

　言い合う二人の声に、遠慮はなかった。だけど刺々しさもなく、むしろ楽しそうだった。

『じゃあ約束どおり、なんか飲み物奢ってもらお』

『抹茶ラテなら買ってますよ。これでいいですか？』

『よくない。それ苦手だって言っただろ』

『あ、そうだ。抹茶ラテだけは駄目なんでしたね、そういえば』

　なんとなく、わたしは話しかけにいけないまま、少し離れた場所からそんなふたり

を見ていた。知らなかった、とぼんやり思いながら。

――かんちゃんって、抹茶ラテ、苦手だったんだ。

思い出したのは、小学校の頃、下校中にかんちゃんと飲み物を交換した日のことだった。

わたしがかんちゃんの飲んでいたゆずジンジャーを欲しがったから、かんちゃんがひとくちくれた。そのおいしさにわたしが感動していたら、かんちゃんはゆずジンジャーとわたしの抹茶ラテを交換してくれた。抹茶ラテをひとくち飲んだあとで、これもうまい、交換して、って。

かんちゃんから、そう言ってくれた。

『おいしいのになあ。抹茶ラテ』

『どこが。抹茶を無理やり甘くする意味がわからない。ぜったい抹茶は甘くするべきじゃない』

『なんですかそれ』

本気で嫌そうに顔をしかめるかんちゃんに、坂下さんが笑う。

わたしはその場で立ちつくしたまま、最後まで動けなかった。そんな会話を交わしながら立ち去るふたりの背中を、ただ見送っていた。茶色に戻った坂下さんの髪を、ぼんやり眺めながら。

「坂下さんって」

　そのときのことを思い出していたわたしは、卓くんの続けた声に、はっと我に返る。

　うん、と訊き返しながら卓くんのほうを見ると、

「たぶん本当は、俺が好きだったわけじゃないんじゃないかな」

「……うん。たぶん」

　曖昧な言い方だったけれど、卓くんの言いたいことは、よくわかった。

　わたしも、今はそう確信している。坂下さんが、突然卓くんに接近してきた理由。

　実は坂下さんがこの高校に転校してくる前から、かんちゃんと坂下さんには面識があったらしい。先日、かんちゃんがちらっと話してくれた。今年の四月、朝の電車で具合が悪そうにしていた坂下さんに、かんちゃんが声をかけたことがあったとか。

　なんとなく想像がつく光景だった。昔からかんちゃんは、わたしの体調不良に誰よりも目ざとく気づいてくれたから。電車でたまたま乗り合わせた坂下さんの顔色の悪さも、きっと見過ごせなかったのだろう。

　それを聞いて、なんだかとても納得がいった。

　今思い返せば、どう見ても不自然だった。なんの接点もなかった卓くんに、あるときから急にアプローチを始めた坂下さん。だけどその積極さのわりに、卓くんに話し

かける坂下さんの顔に、緊張や恥じらいの色はまったく見えなかったこと。対して、保健室でわたしと向き合ったときの坂下さんの顔には、抑えきれない怒りがあふれていたこと。土屋くんの気持ちももっと考えて、と絞り出すように訴えた彼女の声が、本当に切実だったこと。

かんちゃんは、わたしのことが好きだったと言った。もし坂下さんも、その気持ちを知っていたのなら。

坂下さんは、かんちゃんの恋を叶えようとしていたのではないだろうか。そのためにはわたしと卓くんを引き離す必要があって、それが目的で卓くんに近づいたのではないだろうか。はじめから、坂下さんの頭にあったのは、きっとかんちゃんのことだけだった。

それぐらい強く、坂下さんがかんちゃんのことを想っているのは、あのときよくわかったから。

十五分ほど歩いたところで、ふいに視界が開けた。

目の前に、どこまでも続く水平線が広がる。果ての見えない青に、一瞬、呼吸を忘れた。写真やテレビで見るよりずっと、ずっと濃い青だった。目眩がするぐらいに。

「どうですか。はじめての海は」

「……うん。すごい」

なんだかちっとも言葉が浮かばなくて、呆けたような声でそれだけ呟く。

そんなわたしに卓くんは優しく笑って、「もっと近くまで行こう」と言った。

砂浜には、たくさんの人がいた。観光客が多そうだったけれど、地元の人もけっこういるみたいだった。裸足になって波打ち際を歩いている人や、犬の散歩をしている人。遠くのほうではサーフィンをしている人もいる。

わたしたちも波打ち際のほうまで行こうと、手をつないだまま歩き出す。そうして一歩、砂の上に足を踏み出したときだった。

靴底に感じた砂のやわらかな感触に、ぶわっと全身の細胞が粟立った。

お腹の底から熱いものが込み上げてきて、息が詰まる。

息を吸うと、駅よりもずっと濃い潮の匂いが、鼻腔を満たした。

——ああ、柚島だ。

今更、噛みしめるように実感する。水平線へ視線を飛ばし、眩しさに目を細める。

わたし、柚島に来たんだ。

あの日行けなかった、柚島に。

「……ずっと、行けるわけないって思ってた」

いっきに喉元まで水位を上げた感情に押されるよう、声がこぼれる。鼻の奥がつんとする。

「わたしにはぜったい行けない場所なんだって。どうしたって、手なんて届かないって、ずっと」

「そんな場所、ないよ」

ふいに穏やかな声で卓くんが言って、わたしは彼のほうを見た。

卓くんはわたしと同じように目を細めて、海の向こうへ視線を飛ばしながら、

「ぜったいに行けない場所なんて、ない。七海も、どこへだって行けるよ」

そうだった。

卓くんの言葉がまっすぐに温かく胸に染み入るのを感じながら、わたしは思う。

——いつだって卓くんは、わたしに、それを教えてくれた。

「だからこれから、いっしょにいろんなところに行こう。また、行きたい場所見つけてさ」

「……うん」

わたしはまた、海のほうへ目を向けた。果てのない青を目に焼きつけるように眺めながら、よかった、と心の底から思う。この人と、柚島に来られてよかった。

「卓くん」

「うん？」

「ありがとう」

いろいろ、と続けかけた言葉を、思い直してのみこむ。そうして代わりに、すっと短く息を吸ってから、

「……わたしを、信じてくれて」

つないだ手にそっと力を込める。

ぼんやりと瞼の裏が熱くなったけれど、すぐにその熱は、吹きつけた潮風に連れ去られた。そうして、あとには優しいだけの温かさが残った。

あとがき

　このたびは、数ある書籍の中から『きみが明日、この世界から消えた後に』をお手にとっていただき、本当にありがとうございます。

　本作は、二〇二〇年に出版されました私のデビュー作、『きみが明日、この世界から消える前に』のスピンオフになります。応援してくださった皆さまのおかげで、今回、第二弾となる本作を刊行することができました。

　私にとってなにより特別な作品である『きみ明日』の世界をふたたび書かせていただけたこと、たいへん幸せでした。本当に本当に、ありがとうございました。

　私自身、苦手なことやできないことがとても多い人間だと思っています。

　本作の七海のように、周りの人たちが当たり前のようにできていることが自分だけできない、と感じるようなときが私もよくありました。

　劣等感はきっと誰もが持っているものだと思います。

だけど、なにもかも完璧な人なんていないように、「なにもできない」「なにも価値がない」なんて人も、ぜったいにひとりもいないはずです。

私は今、昔から大好きだった小説をたくさんの方に読んでいただけて、そしてたくさんのうれしいお言葉をいただけることに、とてもとても救われています。

私にもできることがあると思えることは、本当に、世界の色が変わるようなことなのだと知りました。

だからこそ今度は、同じように悩む誰かの心に、この小説がほんの少しでも寄り添えていればと願います。

最後になりますが、担当編集さまをはじめ、この本の出版に携わってくださった皆さまに、心より厚くお礼申し上げます。

そしてなにより、この本を読んでくださった皆さま。

本当に本当にありがとうございました。

あなたの心の片隅に、少しでも残るものがあれば幸せです。

此見えこ

この物語はフィクションです。実在の人物、団体等とは一切関係がありません。

此見えこ先生へのファンレターのあて先
〒104-0031　東京都中央区京橋1-3-1　八重洲口大栄ビル7F
スターツ出版（株）書籍編集部 気付
此見えこ先生

きみが明日、この世界から消えた後に
～Nanami's Story～

2023年3月28日　初版第１刷発行
2023年5月15日　　　　第２刷発行

著　者　　此見えこ　

発 行 人　菊地修一
デザイン　西村弘美
発 行 所　スターツ出版株式会社
〒104-0031
東京都中央区京橋1-3-1　八重洲口大栄ビル7F
出版マーケティンググループ　TEL 03-6202-0386
（ご注文等に関するお問い合わせ）
URL　https://starts-pub.jp/
印 刷 所　大日本印刷株式会社

Printed in Japan

ISBN　978-4-8137-1410-1　C0193

この1冊が、わたしを変える。

スターツ出版文庫　好評発売中！！

きみが明日、この世界から消える前に

此見（このみ）えこ／著
イラスト／青紅

死にたい僕を引き留めたのは、謎の美少女だった――。

ある出来事がきっかけで、生きる希望を失ってしまった幹太。朦朧と電車のホームの淵に立つと、『死ぬ前に、私と付き合いませんか！』と必死な声が呼び止める。声の主は、幹太と同じ制服を着た見知らぬ美少女・季帆だった。強引な彼女に流されるまま、幹太の生きる希望を取り戻す作戦を決行していく。幹太は真っ直ぐでどこか危うげな彼女に惹かれていくが…。強烈な恋と青春の痛みを描く、最高純度の恋愛小説。

定価：660円（本体600円＋税10％）

ISBN 978-4-8137-0959-6